Repito a Noite

Repito a noite

Marcelo Pimenta

Editor: Marcelo Andrade Pimenta

Revisão: Cynthia Andrade

Foto capa: Marcelo Pimenta

Dados Internacionais de Catalogação na Publicação (CIP)
Agência Brasileira do ISBN – Bibliotecária Priscila Pena Machado CRB-7/6971

```
P644 Pimenta, Marcelo.
        Repito a noite / Marcelo Pimenta. — 1. ed. — Belo
     Horizonte : M. A. Pimenta, 2019.
        165 p. ; 21 cm.

        ISBN 978-65-901359-1-9

        1. Poesia. 2. Literatura brasileira. I. Título.

                                        CDD B869.1
```

Ao ninguém que me ignora

Aqui, plantado na dor de uma semente que não germina, como se me enxergasse no solo. Cuidado, há água, água demais, afogo, tento vencer o calor da terra, o amor de ainda não ser, ser semente apenas cheia. Fico plantado no amor de uma semente. Amanhã, talvez, nasça um homem com a doença incurável, como eu, talvez uma mulher. Se há em todos escondida uma mulher, a mulher original, a mãe da primeira dor, da última, nascerá uma mulher. Ela saberá.

Salssisne

SUMÁRIO

CONFESSO A SERPENTINA

Escrevo em mim, assim não leio meus pensamentos, não me acanho se me fitam olhos mortos, são os seus. Esta é última vez, você me estampa o que seria, não, mais não importa nós dois em serpentina, me livrei disso em algum cenário, vejo distante a tira de papel molhado, desmancha desanimada, melhor seria rompida, desconectada no repente e esquecida a outra ponta, assim não coincidiriam imagens, sensações, o calendário de páginas rasgadas. Não deveria, deixei uma atrás de cada porta para te escrever no dia, a história é afinal acreditar no corredor sujo dos dias em branco, pintados à brocha, para borrar mesmo e deixar um leito suave para você se atrever. Não se atreva.

Maldita. Eu nem sabia, rabiscava apenas sua ausência antecipada. Sua lembrança só me lembrará a mim, despido a meio caminho, você me deixou nuances e aprendi em mim, prendi carinhos comigo, nunca me dei, a mim mesmo nunca. Te evito porque caíram nossos olhos, os meus rastejando em vergonha, ou no fascínio escondido em finais, quando nada volta e o futuro se acumula no lixo, uma faísca explode e exibe a beleza do instante inexistido, um rabo, uma ponta de dedo dobrando a esquina escorregadia, de qualquer modo minha cara alisa o chão, o corpo pesado demais. Me vejo mais turvo e as entrelinhas nada contam, os dias te soletraram morosos, juntei letras desordenadas e apareceram palavras, posso tê-las forjado, mas me contaram meus estorvos, raivas mesmo, da minha estupidez tímida, para continuar estúpido, tímida apenas. Te vejo nua, é só.

Te quero calada e nua porque obedeço seus olhos, se ainda, e me escoro em fantasias, ainda surdo, coragem aguada na partida quando me seduzo por seus apegos picados, vacilantes a ciscar os momentos dessa entrega minúscula, nada mais, isto, momentos de expressão fácil, quando me contorci e o disfarce saiu cômico de tanto cinismo. Você é cínica e eu gostei que me atacasse.

Me releio para constatar a inconsciência, minha vaidade correu, semeou meu caminho com os prêmios, como vê, me premiei do que nunca receberia, me joguei confetes, círculos em cores agarrados pelo suor, na face, nem vergonha tenho por admitir tais glórias, por me elevar acima de nada, não fosse o destrato me enfeiraria deste nosso esgoto. Não se iluda nas confissões desajeitadas, realça-me a eloquência, a humildade me ensinou apenas o caminho mais curto até a hipocrisia. Pois, me fale de você, espero sua decadência e escuto seu sorriso tremelicante, sorrio. Me conte como se esculhambou, sim, é isto, foda-se.

Não, você não me falaria, se nem escreve, por que haveria de olhar sua boca só para imaginá-la na minha. E volto, assim, como você sempre me espremeu. Sexo mudo. Te deixaria com seus queixumes, mas volto, e te quero em meu circo, chamo o palhaço, apresento o domador, veja meus sinais oponentes, me assusta o desequilíbrio na corda, não há rede, a rede sou eu e fugirei no momento preciso, se conseguisse, se conseguisse. Você estatelada em aplausos, você perdida nas gargalhadas, a reverência, você machucada da queda. Para mim, você mero espetáculo decadente, caiu por amor a seu desespero, não foi minha a mão negada no momento do entusiasmo, éramos nós dois. Foi agora, só agora notei a cor de seus olhos, assustados.

Se eu fosse você, imagino apenas a permuta de corpos, se eu te fosse teria me largado no mistério, como eu, te abandonei e você nem viu, eu também quis ver. Tira a roupa. Me rouba prazer, me dá tudo e foge toda, não se faça de trouxa, no fim é ódio, é terrível, quase me arrependo de sua maldade, mas esqueço rápido, volto às minhas veleidades, me equilibro com todos nesta cumeeira, me jogo, me jogo ou empurro todos, nem diferença me faz o trapézio arrebentado, a lona de estrelas falsas, brochadas, cansadas, eu mesmo exausto de não te querer, tanto.

Você sabe, se soubesse espantar um amor e rondar assim, quebradiço mesmo, como se não devesse perdão, imagino te encontrar, um dia de sol pequeno, você saideira, diminuída em cores, você escorrendo suave por um passeio repetido, te esguia e você encena, engana saliente como fossem pedaços de nuvens as pedras a te cortarem, vejo seu choro pequeno, sua fragilidade agora não te espanta, me chama - vê se me entende, você diria afinal, eu me renderia afinal. Veja, nada disso acontecerá, apenas rodeio por minhas bijuterias e escorrego na humilhação, meus enfeites, só isso tenho para chamar prazer. Hipócrita.

MAR RASO

Você não conhecia minha amizade com o mar. Linha de barcos melancólicos. Te confesso, perdido até o horizonte, nem eu me imagino tão longe assim, longe de mar é diferente, a monotonia larga invade e se mexe nos raciocínios até vigiá-los, entra por cada fio pensante e revive emoções, liga e desliga, até agitá-las por dentro, dar-lhes outra vida, uma que não conhecia quando eram alheias. Posso pular e me afogar de novidades, posso interrogar as marolas e fingir calmaria. Ondulo como o barco ancorado, o sobe e desce me enjoa, a areia não se mexe e me agride, perco olhares, me machuca também o vento. Levanto-me impregnado, melado de tudo, os pés cortejam pegadas apagadas, recusam, agora vejo alto toda a paisagem e respiro sal, alegra-me saber da existência pacífica entre meus abismos marítimos e a rasura da praia, não há, repito do alto, não há, apenas ventam essas palavras. Capengo a volta, a areia ferve e me espanta. O sol diminui meus olhos, mas deixa uma fresta por onde te vejo, apertada, quase apagada.

Percebi você naquela beira de mar e tive a impressão da inocência. Caminhava com um pensamento de furar ondas, não lhe queimava nenhum sol, talvez feita de brilhos e cores, todas. Você olhava acima das brincadeiras tediosas, deslizava suave entre corpos suados, despia-se da fantasia carnívora, vestia música e prazer, era o que se via no miúdo da vista, bastante para querer, talvez vago para ter. Dava a parecer desejos aqui e ali, você chamuscava vontades, atiçava querenças, manipulava escolhas, como a mulher que belisca uma coragem acordada a ver se está, se de sonhos não salpicou a vida e agora dorme. Você vive, destrata o resumo estragado dos contos, você enguiça dúvidas, reconta os estragos, desassossega a impressão.

Te vasculhei também, o encontro fortuito declarou a enxurrada de aflições e escorreguei nas rasuras, iludiu-me a mania do aplauso inútil. Não que te quisesse a meu lado, te quis do seu, onde você se navega, se enrosca em alegrias, afaga seus medos, disfarça com sorriso mole a manobra dos santos. Lembro em mentira minha a vista fundida com a sua, como se entrasse em seus modos e descobrisse o carinho do mar, o amor folgado, a fraude pausada. Flertamos com um desacontecido, inquieto em mim, me conta a lembrança, meu invento, você, desculpe, ando perdido em vírgulas.

Andei a vê-la aos bocados que permitiu o prazer. Ela diminuía distâncias com carinhos forjados em sinceridade e paixão, sorria eterna acima de choros e dramas. Foi dela o sussurro óbvio a espremer um orgasmo

sou o seu flagrante, olha para mim.

O BEIJO EVIDENTE

Que me beijaria como se não houvesse amanhã. Rascunho pensamentos ainda divagantes, fogem em línguas caducas, conheço o recente, transtorno emoções, só. Passou o momento de resistir, entrego-me torto. Um sopro ilude a vela e leva a luz, baila sombras, redime o pavio e desvenda o beijo insistente. Distrato sentidos, cega-me o vermelho dos lábios, perambulo ausente. Disparo um ritmo diverso, busco significados aflitos e escondidos, faceiros nos dribles de fuga, volta e quase. Disse que partiria com o dia escondido, correria acima do desentendido e me veria em espanto quando o desdenho voltasse. Não soube agravar o instante e costurar um enredo. Devo ter lamentado a tristeza a me escorrer pela máscara, despedido de mim.

Destacou-me do tempo, mostrou-me o pranto solitário, chamou de amor. Explicou o vazio depois da lágrima e garantiu que, naquele pequeno momento, eu me enfeitaria de todos. Respirei multidão enrolado em alívios. Inundou-me um temor a reclamar afetos, cumplicidade com o mundo, como se as gotas rolassem por todas as faces, eu em cada uma, encolhido nas mágoas, a rasgar fantasias de alento, a tramar o instante irreverente que não dissiparia sofrências. Levaram-me as bruxarias de bocas, me perdi por aqui, nem perguntei do amanhã adiado.

Morou bem ao lado, distância medida em conversas, ruídos de pouco contar. Atrevo retornos por imaginação generosa, espalho-me outra vez por caminhos cruzados. O corpo animado reencontra o grito, concerta com ruas, com as trilhas de volta. Naquele refúgio mora um homem de meias, guarda-se em malas arrastadas, exibe a pobreza, disfarce da vida contada a noites, fingida a dias, como se não houvesse amanhã. Em tantas diferenças confundo-o comigo. Carrega a liberdade que conquistou à miséria. Espreita ávido, cutuca insistente. É ele o beijo desamanhecido. É sangue o vermelho intenso que me fustigou e espera. Esteve sempre ali, estendendo-me a mão recusada. Não era a pedido da fome, era à oferta do suor em luta, da amostra de vida que enfim perceberia o choro da paixão difusa a nos difamar como iguais. Enxuguei um rosto ferido, posso ter sentido o regalo atrasado. Voltei ao atalho enfadonho onde espalhei egoísmos e, sem saber, perdi o compartilho de dores, os destroços travesti de alegrias.

Lembro quando me revelou a cidade nua. Foi antes do beijo. Você não caminhou comigo, perdi-me em apuros. Te segui sem meus rumos, sempre farejei seu brilho, entrei nos seus contos, namorei seus encantos. Não te vi mais. Quando a rua me acordou dos lábios teimosos, te procurei nas esquinas de morar, seu sorriso livre já dobrava. Só ele, nem ele. Nunca notei os trapos imundos que você travestiu de carinhos para me mostrar a avareza que somos. Me invento em você quando amo o mundo.

RUAS AZUIS

A mulher de cabelo azul morava em porta de rua, antecipava a ladeira íngreme de chegar à praça. Nas giranças juvenis, época das paixões à toa, mantive olhar curioso, a porta sempre aberta expulsava o colorido da velhice. Avelhar significava trocar o cabelo em tons de céu, conversar com móveis, cristais e o tricotar em murmúrios de fabricar rezas. E me contou o pai, em outras andanças, que havia o muro de arrimo naquele rumo. O muro amparava a rua, mantinha as cores no lugar. Sem o arrimo, não se assentariam as paredes sob tetos e viria tudo abaixo. Todas as casas em cascalhos, janelas fechadas, e sumiria toda a rua em pé de moleque, levando em lamas o cabelo cuidado, o terço de suspiros em cada conta. A mulher se contentava com o novelo e sumiria sozinha. A porta agachada apagaria a miragem.

O passeio era segredo insistente, dali a pouco se atreveria o flerte em cochichos preguiçosos de ouvidos. O arquejo tinha nome de mulher, agora outra, em varanda de ver de cima, de entortar cabeça e evitar soslaios. O caminho do olhar encontrava primeiro as pernas, logo se escondiam a oferecer sorriso. Enchia o receio de ânimo, o andar atolado em inquietudes de não desagarrarem as palavras. E ainda o muro a cair e engolir trilhas, a tragar a casa, devorar a mulher engasgada em azul. Fantasiei a tirania a desmontar o circo colorido em tintas, roubar a miragem do futuro, destruir a ponte de ver pernas em varandas. E era a varanda dela, que nunca me emprestou ouvidos, porque fiquei tão encharcado de desejos e engoli o não dito. Esperei uma ponta de coragem, nunca me viu, falaria em sussurros os desejos dessabidos, até me tornarem frágil, contados sem resposta, à espera. Eu ainda lá a engasgar caprichos, tramando a ruína nas fantasias das pedras.

O amor se conta em tempos diferentes do pensamento. Era ela minha, já tinha sua boca, namorava as vontades de tecer um embrulho de carícias e sentia todo seu corpo em prazeres desabituados de contar minúcias, entrelaçados de querer em todos os cantos, de sentir os cheiros a atiçar esquecimentos. Quando abeirasse o tempo da dúvida, o azul me lembraria. Buscaria fôlego nos carinhos ficantes, costas nuas e mãos em manobras de conchego. E teria sempre o recordo de azuis, fingindo ela que não chega, nem chego eu em teimosias. Desatino, desato o coração, bate em ousadias, esquece da rua, não cai em muros e entra onde escondi meus lampejos, bem atrás do namoro dos sonhos.

APAGADAS

As pegadas que me seguem são as minhas, reconheci pela pisada torta, o pé irreverente querendo me levar em círculos, talvez leve, se assim for, talvez me explique. Vi também que caminhei só, rastros me encontraram e logo desistiram, os desvios em marcas leves, quase apagadas, não eram minhas suavidades, minhas aventuras sortidas, era você em desencanto surrado, era você delinquente, de mim. Outras trilhas rasgaram a areia, rasgo de mar quando vi as águas seguirem o sulco fundo, você nunca mais ouviria minhas mentiras, nem você me pisa, você também. Meu pé pisa torto, eu também.

O dia de conversar com as pegadas. Um soslaio por cima do ombro, a sensação desesperada de ouvir o passado. Chorar as alegrias espantadas, redesenhar as noites tristes, magoadas dos afetos despedidos, nítidos os sorrisos de tanta certeza, e você ainda estaria me contando seus planos, seus sonhos. Nem você distinguia, eram meus aqueles olhos aguados da felicidade infértil, eu esquecido, eu vaidoso, eu enganado pela intensidade nos contaria, ninguém nos contou, eu não te toquei, não te agradeci tanta vontade, foi bem ali, a varanda, sol reticente, você também. Agora, nunca se sabe o momento, elas me contam, me cobram, o rastilho de remexer sentimentos, os segredos escondidos, espalhados na mesa, empilhados, cumprindo o descaso, cobrindo o enfeite, lá embaixo, guardado do medo, meu enfeite, nosso disfarce.

E viessem todas, sem máscara, e eu as soubesse iguais, mesmas. Eu imóvel imaginei esse dia disperso no tempo, preso no muro armadilha, vi vocês todas, todas e juntas. Confundi silhuetas, me deparei diante da enxurrada, nunca chegou, eu sim deveria nadar, fosse contra a corrente, fosse imundo o leito, mas te encontrasse, quando sem fôlego e suado de desistências, meus olhos espantassem as águas turvas e soprassem sua fonte de onde sairiam as emoções, todas fantasiadas nas dores a me atropelarem amiúde. Perdoe essas fugas a ver se me encontro, também me cansa a repetição, são aquelas, as dores, me dedilham em disparate, medo de me ver e inteiro, vivo picado.

Tenho também alegrias, me levam mais triste. É quando toco a pena, a caneta ainda guarda essa carta. Tem um pedaço de você que sou eu, por isso te escrevo. Te prego nas páginas e você ainda não leu. Te uso sem permissão, te entranho, estranho, espirro. Tratei um banco na sua praça, sento com o tempo indolente, venta sua imaginação quando, distraída, você me entrega, intriga apagada. Então te leio, por isto me escrevo.

RESUMO DE BORBOLETA

Caso volte a me guardar, não seja sua a ausência a passear meus silêncios. Foge de mim se me busca, cobre-se de folclores até me confundir em mentiras suas, assanha lembranças do não tido se te excita morar na sombra dos meus olhos. Deslizo por sonos desconfiados, me perco no encontro do sonho com a dúvida do acordo. Acordo. Como morariam em sombras nossos olhos? Não, a alegria me ignora, e você, você me acompanha em despiste, me assiste nos enredos de embaraçar desejos, crua, você me entregou ao tempo. Me esqueci no passado e voltei, a parecer que seriam manchas os negrumes que a luz talhou insistente, imagens a me desconfiar, a me mostrar longe, paralítica a silhueta de tentar cuidados antigos. Maltrato indagações escondidas, desconto meus rumos nas esquinas que já me negaram. Por onde posso ter vindo caem lembranças sóbrias.

Acenou-me um dia em proezas de borboleta, cinza, pequena, à beira de se consumir nos brilhos quentes das lamparinas cansadas de sombrear. Quis-se flanando em guias titubeantes, estalos em mudas de caminho. Borboleteava hesitações, escolhia pouso em desajeito, amiúde, meandrosa de si, inseto solto. Resumia coerências em prelúdio de partidas, partituras da canção soprada aos sentidos matreiros, cuidava de atiçar vontades, inaugurava sorrisos sonsos, ilustrava carícias sem brio. Divertida em firulas, nos arremedos a bulir com o mundo, a trançar liberdades e rodopiar capenga chacoalhando lugares. Vadia em drapejo, vaidosa. Simula, enxota o chão antes, ilude, cria o instante mesquinho da espera, querida, então aliviada antes de nascer nas alegrias toscas, inquietas. Instruídas as emoções ao debando, dança surda e só.

Nos brincos com épocas, suas, veio o costume de alardear o estalido de asas, sem que assim prevalecessem chegadas. Vaguear com o dessabido, o gozo solitário acariciava em desvelo de contar em pormenores e maiores. O tormento dos rabiscos de fazer planos negou, depois esqueceu. Foi mesmo naquela noite, eu negando cadeados, eu tardio, eu e a rua de agora ir. Nem o acordo gravou, tinha outro papel onde escreveu uns deveres com a vida, cismas quietas, levava bem apertado de modo baralhar com os dedos, fazer-se mão faltosa antes de se confundir com o voo, à mercê do denodo trancado. Não a vi mais, apenas meus cantos se confundiram com as trilhas deixadas, segui o escrito porque não temi encontrá-la em algum festejo efêmero, um pouso generoso, não houve.

Cuspi orgasmos. Larguei-me a todos os olhares, o meu amansando revoltas às voltas terminadas, ao furto das imagens suspeitas. Me cuspi tonto, espremidas as dores até forjar a escultura vaga, rala. Mesmo em vista curta ainda, ainda previ, vulto longe despido em prudência, nem era ela que de voar esquecera, de poisar acudira, foi meu olhar que correu manso demais, caiu de preguiça antes do brilho distante, a borboleta em cinzas nem viu. Escapei por outros ânimos e nem notei a divisa de tempos, quando meu onde ir se confundiu sem destino, apenas, medi o trapaceio de ausências.

ENCONTRO SIBILA

Apela a vida, apenas olvidos. Apelo às palavras, desmaio em apuro. Então me calo. Colo meu corpo. Inundo de silêncios todos os monólogos em vagas excêntricas. Vejo mais perto. Aperto meus olhos com punhos fortes, empurro-os adentro, como se assim pudesse descolá-los da face e navegar minhas ilusões em caça de alívio, assistir o desvelo em algazarra das imaginações em recreio. Permito-me a ilusão do retorno encantado quando amolecer o esmurro e se repetir em faces o mesmo arregalo. Surdo o aplauso. Revejo o absurdo com olhos doridos e ainda confusos. Esgrima de olhares em ideias severas e sempre escravas, cativas do enredo em anuência tímida, preguiçosas de revoltas, voltam em costura de sonhos, flertes cansados. Revejo o absurdo.

Namoro o ser distante, acalento em alturas de negar a nitidez que temo, me temo lúcido. Mas percebo quando a cantilena cala e a mente se encerra em verdades. Um encontro pálido de carinhos, como um abraço nojoso de intimidades a começar pela face ensolarada e terminar em sorriso mundano. Abraço de mundo, sobras de uma oração de penhores perdoados, o ocaso da dúvida, a aflição desenhada em paisagens.

Apelo à vida, imploro ouvidos. Escalo aquele cume alto, encolhe-me a vista, acolhe-me em vontades de amansar futuros. Então me refaço em doçuras e toco o ombro enrustido, busco o presente de caras. Cirando sussurros, insisto em tertúlias antigas. Ela me enxerga além de meus olhos, fareja destinos, imaginações em fato verídico, tem o carinho do tempo que leva em mesuras. Atravessa-me, não a vejo. Encanta-me e assusta, apenas brilhos da resenha a contar-me a graça, a desgraça, o saldo de ansiedades. Engasgo perguntas em silêncios de assanhar pânicos. É dela o convite estorvante escondido em afago, em ouvido trocado. Escuto-me nela, ela em mim. Um diálogo de lapsos, desencontros em reflexos de identidade. Temo amá-la e nos perder no venturo, escapar e confundir o passado tratado. Tento despir o sentido ampliado que me tentou encardido. Me despedi em contratos, neguei os desejos que senti adiante, quando já eram saudade. Volto em despenho caduco a me recontar o decorado. Minto a alagar meu canto de ausências com amores miúdos, tive em distâncias.

Desfio-me em prosa desajeitada. Agarro palavras, marcas do alívio negado, do costume em fantasias. Desenho meus versos quando escorrem como sibilas pela fresta de futuros. Mal vejo minhas folhas restantes pelo leito do livro a me esforçar saberes, esmagar-me olheiras, contar-me em orelhas.

ALGO ASSIM

Setembro tem fogo. Desgarrado do sempre, quando o mato seco se perde em calmarias e, cansado do resumo, atiça querenças. Anima-se desafioso, aborrece o indício em preguiças, foge com ventos em palhas de lumes. Montanhas ilustram um céu corado, o rastro invertido de estrelas briga com as fagulhas riscantes a confundir as pequeninas ideias, a cena em alastro, a combinar o gozo rarefeito, ainda em desformas. Deito sentidos em reverência ao breu salpicado, cintila, provoca-me em suspeitas, abusa e ofusca. Busco meu ritmo sem música, trato uma dança em desordem e tento combinar-me com emoções que trançam, trombam miragens sabidas, assustadas quando percebem o tino alagado perder-se em festejos de algo.

Olhos em descaso, apeio do rodeio das sentenças, assisto à respiração iludida, aturdida, desdenho da cantiga do ofício e flerto diverso, divertido. Distraio, toco uma prenda em susto, fecho-me nu. Internado em mim encontro a lágrima de querer-me omisso. Ainda tento secar a visão, não sei se me cinge em denúncias, ou se me entrega ao cenário invisível. Lembro-me de tatear dedos finos, um a um se encontraram antes de mim, o prelúdio de toques. Não te disse nada. Soltei uma corda de cores, duas. Guardei minha ponta em trato de desvendar o segredo. Em única certeza, te entreguei minha mão, você acariciou em ternura áspera, me concedeu toda a jornada em impressões, em calos forjados na suposição da trilha perdida e reencontrada em atalhos, como se assim se contasse em carinhos. Foi apenas um instante. Não tive ânimo de olhares, receio em caricatura, talvez o desejo a navegar sutilezas. Um momento que traiu o tempo, libertou o silêncio e rasgou a mentira de ausências. Te vi tanto, iludi épocas e concertei a vigência de mãos, esqueci o não tê-las. Revelei em aperto e nem sei se você ouviu. Te disse algo, você me confundiu com distâncias, vi sua boca segredando, talvez se contando para noite.

Setembro tem algo. Perdi a corda de narrar o achado, você roubou minha ponta, seu silêncio levou em rastro de grama o único sentido despido. Conspirei com o mistério e, quando me sacudiu a delicadeza do adeus, você se deitou em meu ombro. Entretinha-nos a mesma baderna de claros e escuros e achei de te encontrar. Acomodei espios bem onde você escondeu o seu, fantasiei um depósito de verdades acanhadas, entraríamos juntos, ainda mudos de corpos, olhadela tímida em futuros roubados ao tempo. Foi sua a boca a resgatar-me do enredo em tramoias incertas, amaciar o desejo arredio, o momento de intensidades que só um beijo devolve. Então você me sugou de lonjuras e confundimos esperas com lábios. Você me contou outra vez em suavidade, manipulou em tons o tapa de bocas em disfarce da carícia mais íntima.

Te mostrei uma cama sortida, você nos levou. Divagamos corpos com a mesma ardência, nos confundimos com fogo, nos soubemos únicos em ternura de sonhos. Em setembro te achei linda na manhã de costumar olhares, em dias idos e vindos, sem amarrar venturas em destinos, terei sempre o recordo dos cachos, quando te vi, quando trancei dedos em busca da face que sempre me disse. Algo.

AINDA O MURO

A noite arrasta a solidão e me enxerga, rasga os sentidos de circular minhas queixas, penso mais alto que a dúvida, tapo os ouvidos pequeninos de escutar pensamentos. Será que um dia você saberá me contar o que importa? Será que te importa, ou só em mim se escondeu a dúvida? Você sabe, dito em tom de pergunta, quis ter encontrado esta última vírgula, antes do adeus. O alinhavo pendente se fez com linhas de muitas cores, não percebi as pontas em pares de amarrar alguma história, fim de história, como fosse. Este silêncio ainda me sacode, grito abafado a rondar pelo tempo pesado, a omissão impaciente não sabe fugir, eu a amansá-la, a vergonha paralítica. Saliento penumbras, apuro-me antes de outro sono, mas não sei mais entender seu murmúrio na cama, ouvidos inquietos a procurar por você.

São assim os fins, surdos e convictos. O muro do recomeço estacionado onde deixei alguma lágrima, talvez tenha escorrido pela parede ainda invisível. Fiquei a prender vistas pelo caminho cortado, depois apertei no pequeno buraco de um tijolo mal assentado. Não me vi a seu lado, vi pouco, o espaço me encolheu esquecido no meio da brincadeira, todas as cadeiras tomadas e eu lá, atônito, a cabeça em revolta buscando um canto tomado. Eu lá destacado do enredo, entre tantas vozes distraídas só eu não percebi minha ausência. Você não mencionou o jogo, me traíram as regras, porventura tolas, como seriam todas.

Se seus ouvidos estiverem perto do vento, talvez te cheguem meus sussurros de confissão, na próxima curva, pouco depois da outra, onde ainda rodopio atrasado, nem escuta, apenas respira algum amor sem saber, não te importa saber. Estarei sentado em indagações, remoendo opções, as antigas não voltam, mas me enchem o tempo, sobre muito em rodopio.

Talvez te contasse, em vingança de ideias, respirei alívio. E se me indaga a razão, digo, sem compreender, sim, tive certezas. Se me escuto, um som antigo me lembra ainda da viagem solitária, uma época assim, frio seco, sol amuado até se consumir em refrações de montanhas, ar trêmulo de desconfiança e penso, você nunca me perguntou da evidência, desconheço se tem validade o sentido, mas sempre trouxe em precaução. Te considerei na curva das respostas e nem te perguntei se correria comigo, ou não te ouvi fingindo.

Naquele dia, nem você saberá, chegarei ausente, meus passos distraídos, disfarçarei minhas manias para que me desconheça, e como não tenho mais face parecerei algo novo, te encantarei e você talvez me sequestre outra vez.

SE SONHO

Espera-me a cadeira incômoda. Meto-me a te procurar, mas, camuflada, você, ou sou eu a misturar apegos. Chego atrasado e torto, assim, vivo assim, apanho futuros, desassossego, repito desejos. E você, se esquece, se esquece toda, aparenta que dorme, ou falta, o que te parece mais com nada? Sonha sua ausência. Calha respirar e vagar pelo corpo despido, precisa não dizer. Expulsa os disfarces do vívido. Sopra as asneiras. Me perco, preciso te dizer que me perco muito.

– Entro em vergonhas quando me pede nua, nula, meus os exageros fabricados à teimosia, há preço, alheio. Minha, só a solidão da verdade cretina.

Te quero rasgada da mentira. Acomoda-se crua, despede castigos, encantam-te duas paredes em esquina côncava, desmancha o chão, escolhe seu olhar. Se te vestem as metáforas, surpreende, se te poupam os pensamentos, mente. Me atrevi, de todo modo perdido.

– Sem cola, vejo o reboco desistindo. Fico presa neste triângulo, eu, eu e as paredes. O reboco desistindo, quase cai, caem-me olhos. Eu, contida e aflita, o arfar me enche, cismo imagens longas, meu joelho esconde os pés, não sei correr de joelhos, me enjaulo, desbotada, meu ar quase sai, quase volta, meu barulho não escapa, respiro represada, o coração gasta batidas desnecessárias, só me ocupa, eu inflada, palpitante, caduco espantada, meu fôlego se divide com a aflição, brigo com um corpo paralítico, eu frenética, imunda, mudo. Me esquece dormida.

Seus olhos, fuzila o mundo em contramão, sorri a seu canto, conhece o murmúrio das emoções em fila, excitadas em desespero do encontro. Tece frágil o retorno da amplitude escancarada, extinta naquele pequenino instante, foi quando o tropel engasgado tramou seu labirinto, te plantou na esquina pensando asneiras.

— Aquieto-me, vejo nada, não sei. Seria o agarro do escuro tão denso? Parecia vazio até me engolir. Desaponta o reboco, meus pés se foram, os joelhos diluídos. Há, sim, um muro branco, de todo jeito me cerca, preciso ilustrar a vida que quero, pincéis que viajariam coloridos, engraçados e surdos, no muro, pintaria na vida o muro, não sei pensar de joelhos.

Alisou a cama ainda em reticências, soprou o alívio acordada. As normalidades sussurraram o dia, arrastou o suor do dia, acudiu jamais dormir. Conciliou medidas que permitissem um cochilo picado, assim pequeno, resmungando bocejos. Tramou a revanche de nada. O dia-noite, noite-dia, ela nua de vida, indefesa, absurda, olha paredes, vigia sonhos, destrói.

NADA HÁ

Há também mais pardais, tramam uma cerca abstrata, a estrada um dia marcada por rodas de madeira, por passos, hoje se guia pelos gorjeios esquecidos de melodia. Imagine você uma volta por mapas de lembranças, nós dois a decifrar encostas, curvas desaparecidas, rios finos, nós dois de bússola, aquela mesma nos perdeu, ou nos disse o evidente. Eu mesmo não iria, minha porta trancada a tudo, você pensando aqui dos meus pensamentos, não muda mesmo, vai uma, outra e ele sempre em conchavos com a única sombra. E eu perguntando para o teto, como morariam minhas sombras em seus olhos. Ainda a chuva a falar de mim, pingos de cochichos entrecortados, dispersos, são tapas minúsculos a me acordar antes de me devorar a paisagem molhada, não adianta, ela te fala também, bebo sua cena, esquece a chuva, não te vejo, há muito.

Agrada-me esta imaginação quase dormida, quase sonho acordado, me atrevo nos acontecidos, ou nos acontecer. Controlo-me sem me explicar, sem atinar caminhos, como se do nada pudesse inventar uma alegria de me engolir, uma emoção vinda das dores que te fariam se importar comigo. Nunca dei entendimentos a ninguém sobre este meu atalho à felicidade, de tão gritante fui eu a me achar mundano, foram todas a me ver lunático. Aposto que foi você, qualquer uma de vocês, a espalhar esta desforra, não me contar meu engodo me torturou, enganou-me a busca sincera por ilusões, minhas, vocês sabiam da curva, eu morreria em alguma curva, escorregado nas mentiras. Vocês podiam ter me assustado. Não vi e de novo chorei, o mesmo enredo, a vez da desimportância.

Eu receberia uma carta, fosse a vergonha de me contarem os bocejos de impaciência, as olhadelas ao chão a procurar o ninho de se esconderem do vexame, a vontade de me desconhecer, como se o passado fosse a própria carta, apagada e reescrita, meu nome trocado. Receberia anônima, destinatário desconhecido. Talvez me entregasse às tertúlias com meus desejos esquisitos, imaginasse alguém tratando desvelos, rabiscando frases e não diria por pura timidez, você me querendo nos arroubos de toques, de lábios, de gargantas estridentes, eu me achando seu herói de qualquer aventura, ansioso por te ver grudada em meu dia, surrada de prazeres em minha cama. Te receberia neste bilhete, papel nunca escrito e eu em novos delírios, de te amar, de me exibir, as mãos se tocam em palmas, sou eu a correr, festejo, a responder a carta, te espero, te espero. Eu nos livros, folheando minhas sombras, a chuva desta vez me cortando, o vento mastigando minha face dura, eu e você, você que não sei se existe aí fora, eu perturbando meus escuros, desfilando com minha fantasia preferida.

DESEJO EM TRAQUITANAS

Quanto em penumbra vi seu corpo, tomado de sombras, você inquieto e suado. Quarto em penumbra, a janela um quadro por onde nos víamos, viam-nos, nossa a minúcia, o fetiche, nosso, nem te perguntei, meu talvez. A janela uma tela, pintura em tela de atacar desejos, de achar prazeres, te disse, somos nossas vontades, as que cantam vilezas, outras não somos, nem importa. Sempre que montamos esse cenário, iluminamos silhuetas, eu e você, sempre percorro sua tensão, você quase não entra na cena, te jogo nessa peça, sempre me percorro a indagar a plateia, perco segundos longos, flerto com um rosto distante, escolho no assalto do olhar, me come um olhar, então me esqueço nele e você me acolhe mudo, eu deixo e finjo, já somos um teatro inacabado, sei que voltará comigo, você imita obrigações, comigo. Sigo o vestígio longo que você esquece em contraluz, quase toco seu desdenho opaco.

Também sua mão, quase sombra, a esticar carícias em contornos, retornos do beijo, nem te beijei. Foram as imagens, ampliam o esboço acanhado, nós, bocas entretidas, maiores de tudo, despegam-se mudas no preto e branco impresso na parede. Mudas e nossas, se quer mesmo saber, nos vejo atrás da janela; se te interessa, nos amamos, te lembra a cortina dançando nosso esconderijo das luzes? Sei que não. Tanto te espantei, te queria nu, eu na plateia, nós dois no palco de flashes, eu despida, desejada. Nada mais que sua, de todos, eu desejo de todos, mas sua, entende logo, vem. A luz curta de entristecer minha ausência, sua, esquecida das luzes. Você não é nada, me dou às fantasias e te uso, te odeio quando fecho minhas cortinas e você some, nem foi, eu sim me seduzi.

Guardo meus brincos, tenho uma gaveta de esconder minhas traquitanas, meus brincos com você, te queria mais que um boneco, te queria guardado para te escolher em minhas noites de festa, você misturado comigo, você não você, você meus enfeites, minhas visões de mim mesma espalhadas em sexo, te quero homem, não te fecho na gaveta de brincadeiras, não te busco traquitana quando não me aguento de tesão. Você é apenas meu par, de vida, parceiro de dia. Somos nós encarcerados em porta-retratos, quantos seriam necessários para nos tornar felizes?

Volto à janela, escondo o porta-retratos com os brincos, na gaveta dos brincos, talvez ainda possa usá-los. Jogo fora o cenário quando caímos, saímos em nossos aplausos, te faço uma reverência, você já dorme, nem diferença faz sua vista. Se me vê, me entrega flores se me vê, rosas vermelhas, se me trespassa seu olhar, tento correr à frente, jogo em mim as flores. Nem diferença faz sua visita. Te deixo na gaveta acariciando o retrato, um dia, maldito, um dia te uso homem.

DOIS POEMAS

Tons que houveram tentar o equilíbrio da mais bela melodia, ventou brincante a beliscar os ouvidos de corações desinteressados. Teimoso o tempo de guardar as paixões, teimosas elas, escondidas em tramas de entreter a criança. As inocências conversam secretas com desejos dessabidos, aparecem já nascidos, paridos do encontro de emoções em contento de não se contar, assim criando a existência de fingir-se, de sempre ter sido. São assim, nem todas, poucas. São quintais de florir sentidos, de comover primaveras em desapego de estações, em sensações de amor distraído, esquecido no banco de decifrar futuros.

Te vi em tarde de correrias, de brilhar sorrisos, de desinteressar olhares e sonegar a miragem do resto. Acariciei de longe um cabelo de incomodar seu riso de olhos, foi o primeiro canto dos tons, ainda em barulho de inquietar sorrateiro, faceiro a amorar a timidez do absurdo. Também corri, desentendi meus sentidos, fugi da onda a fazer-se gigante, afoguei-me em você e nem soube. Você seguiu em alegrias livres, esqueci meu segredo em seu corpo, inundei-me de querenças, careci de entender as carícias de te ver, te esquecia amiúde, guardava o cordão de puxar o anseio inerte. Tramei com a vida uma dança de sonhos, costumei sua imagem como um desenho lindo que existiria em papel sempre embolado, só meu. Te guardei em rabiscos.

Sem os avisos de enganar surpresas, te encontrei em alegrias entretidas de você, a mim nada mais que vida. Pareceu esquecida daquele canteiro tão belo onde prendi meu disfarce. Levava o cordel fino e tentei segurá-lo, como se assim não te perdesse mais. Nos enrolamos em prazeres omissos, desembolei meu papel e te mostrei a pintura encharcada, mãos riscaram arriscadas, afogamos juntos em ternuras, intensos os momentos abandonados, reencontrados em curvas da trilha melindrosa, enfeitada no escuro de dias distantes. Te ouvi, seus sussurros intensos, sua correria em voltas de gostar e gostar mais. Te tive em alforrias do deserto, no banco esquecido de flores. Você entrou onde sempre esteve, encontrou o sempre tido, me teve como era cantado. Nosso encanto era invertido, me via de você, troquei de olhares, não para mais me ver, mas te enganar e assim mais te amar.

Senti tanto encontro, decorei tanto seu canto, devorei seu corpo. Perdido em você não vi quando o atalho feriu. Meu papel desvirou, afaguei seu cabelo, quis nosso poema, quimeras a remendar todas as algazarras e ferir o triste. Quando notei o desenho rasgado você já levava um pedaço. Outra vez o meu, em verso preso, que não soube mais onde guardar.

SEU AZUL DE OLHOS

Acordei de olhos e esqueci um sonho aceso, lá no dormido, calado em cifra, crescido em muitos tempos, em esquecimento das coisas de tecer aqui fora. Se de hoje me indago não refaço a sequência, perdi o ritmo, ressabiado talvez de razões. Lembro sentir em gosto pálido o passado, atingiram-me pedras enquanto recolhia flores, um canteiro fugiu pingando cores amassadas, uma estrada me atropelou no passeio, destino meio feito de pedras, outro de pétalas. Flutuei em espiral, subi contra o vento, sem peso, murchei lento. Permiti que uma mão anônima acariciasse meu rosto sem saber o calor da lâmina. Desenha a face uma gota escorregadia, carente, enfeita-me apenas o céu em reflexo.

Um vento letrado em folhas antigas me invade, escuto emoções, ensurdeço, pequenos grãos ardem-me a vista, a boca desbotada, inquilina. Toco um ombro em passagem, me invade de fora do sonho. Um homem distraído, vertido em desejos ou medos, em coincidências de carregar-me ao vento, como foi. Pareceu longa a estrada quando me vi lá na frente, reparo não pus, troquei meu relógio e tomei horas alheias. Sim, cheguei, se fui em diminutivos, demorei em tantas entranhas, a mim não vi mais. Imaginei-me todo lúcido e caí naquela mesma calçada, onde a mágoa me encontra. Olhei-me inexistente e atinei o acaso rasgado, minha mão cortante não encontrou a face. Não me vi mais.

Não sei se ainda preso a algum sonho espalhado, vestiram-me olhos molhados de azul, enfrentaram-me, percorreram-me sensações forasteiras, rondaram-me o corpo em vaivém, desamestradas, a parecer que me copiavam. Sonâmbulo, percorri o caminho inverso a ver quem contava o outro lado, no reverso da visão. Foi meu engenho, na mesma trilha que você pôs seu brilho tentei em contramão te seguir, marquei meu rastro com as folhas picadas de precisar outra volta, se fosse. Quando saí de seus olhos acomodei o foco a te assistir, o retrato de dentro exibiu uma voz tímida, cria da dúvida, dona da dor. Foi minha a lágrima em descida que você desviou. Foi meu o contorno do tempo que você perdoou.

Então te vi outra vez como havia. Costurava delicadezas e cuidados que vendia amiúde. O repartido de poucos bocados não se conquistava em primeiras visitas, de antes, lembrei-me da distância para chegar à varanda dos seus olhos, e, só então, merecer um soslaio.

Hoje à noite combinei com o sono que, por algum desencanto, me alague de escuros, espante todos os mitos, quero te encontrar dormindo e tatuar meu desejo em seu sonho, apagado do dia, quando minhas minúcias ilustrarem apenas seu canto.

INSTANTES

Branco quadro, cheio de nada, como branca a espera ignorada, a tela onde o acaso se desfaz em momentos pequeninos e se estica malandro a enganar o olhar

vê na tela pedaços de prosa, da vida em prosa, desgrenhada, austera quando impõe as imagens ficantes. Todo o resto, varrido pelos pés de vento, não importará mais

uma árvore de folhas secas, inúteis, de tempos inúteis. As emoções engolidas arranham a garganta, secas, desprezam os momentos, receitam sequência, sem saber são eles as faíscas da história, os conectores de épocas, nós à espera do cunho, receio das sensações no armário

devolvem às pinturas o relevo misturado, de alegrias vencidas, magoadas de cores. Cada instante acolhido desfalca o passado sem deixar buraco, conta um fio desapegado do enredo ameaçado.

Então me espalho inconsequente, os retratos em pinceladas discretas, algumas imaginadas, a maioria aguardada em inesquecimento. Uma sombra de galhos animando a parede,

vê-se da cama amassada em suor, outra noite de ardor. A mulher nua

abraça o soluço e transborda às dúvidas de tanto querer. O arabesque ensaiado, o plié reusado, fouettés virtuosos, a ponta de dor. O olhar cúmplice de amigos de gozo

só a eles se fez. O namoro do livro descansa na estante, arcano e sedutor. A pequena companheira espera na esquina e se faz linda de fragilidades e sono. O casal sofrido se guarda na cama das emoções permanentes, de desvelo e calor. O filho minúsculo em diversões sérias, em obsessões de alegria, instinto de amor.

Cenários ingênuos, a tela atina e canta baixinho a única música

ninguém ouve, sai da boca direto ao relento, esperneia por ares afora querendo lembrar, perfilando flagrantes na desordem recriada

mente e guarda o segredo - cada quadro contado guarda na metade um fato, na outra, um destino, são os lugares da memória, a próxima visita

uma vez capturadas, guardam tantos outros com as mesmas metades e, assim, assim sem fim, fim de imagens sobrepostas

atravessadas em dimensões, folheadas nos sentidos queridos, como o livro, lido em sequência solta, o índice em referência cruzada a iludir a mentira, livro encostado no tempo, pilhas mortas revivem até nos mostrar, o desejo, um herói, amostras do não, do desvio

brota em miniatura e costura boatos, conta o lugar estranho onde nos guardamos, onde não guardamos apenas instantes em fotos, mas o movimento transversal de uma coreografia múltipla

existe sozinha, isca alegrias monótonas. É, talvez eu devesse mesmo me contentar, me agarrar a algum momento, aquele filhote se aquecendo no galho, esquecido no galho.

CECÍLIA

Demorou a criancice naquela ponta de aterro, cafundó do Judas, onde os caminhos apagados iludiam, piscavam a ela instantes de ideias tímidas. Escondia-se em canto chorado, cacos da vida que não a suportava. O corpo costumou em sujices, em parecença indomável, manias de descontaminar sua essência. Essa ela costurava amiúde, nas contradições que deveriam minar o revés emplacado no nome malquisto, nas conspirações aninhadas em expectativas maternas, conluios confusos a rebentarem em flores desacostumadas. Cresceu em menino de brincadeiras sozinhas, de piolhos e pulgas, poças de lama, de esconde-esconde do nada, corre de ventos, parecendo a todos um modo clandestino de bem tratar o descaso da gênese. O desvario de dedos inocentes risca o ar tateando a urgência magoante.

O dia apertado abusou da menina, afanou o ânimo em miragens histéricas. Ela a dividir amizades sinceras com as esquisitices do caminhar torturante, da fuga por atalhos que a possuíam. O duelo perene entre o íntimo e o possível enganou com doçura a contramão lavrada. O desvelo inquieto a saltear seriedades tramou o dia em festejos, em desejos, lúdicos ainda.

Cecília não decifrou como seu o espaço entregue à antipatia do destino comum. Fez brilhar outros mundos, contagiou arteira as regras miúdas a envenenar o querido, trapaceou os domingos de missas, conheceu imundices malparidas e comentou a descoberta dos mistérios a distrair diferenças. Forjou a mulher conquistada, ausente dos sonhos obscuros e dos cultos impregnados. Sentou-se em bancos de praça, enxergou o delírio das paixões no passeio de todos, nos canteiros cansados, nos bares de tantos.

Soube-se longe sem partir, escapuliu em frestas do mesmo lugar. Quando correu para si já sabia a mulher que não seria, abraçou-se em valentias de compor emoções e rasgou as fantasias da coerência difusa a desapontar alegrias. Pareceu afastada a ponta do aterro quando, antes de desfazer-se da imagem, contemplou o presente passando. Nasce Cecília de retalhos remendados ao mundo, inquieta, sensível, sentida, ávida dos espaços sinceros, brutos que sejam, divertidos, diversos da origem enganosa perdida em passos pequenos, em paciência dissimulada, em aflições e vontades. Vence sozinha a querela gêmea, a contradita do medo, acena distante a mão que quer perto, perde, cativa. Ama explosiva o novelo enguiçado da vida.

FELICIDADE
EMPALHADA

Se podia namorar comigo. A frase com pontuação arredondada, irradiou monótona e desarrumada a colher ouvidos de coincidi-la. Peneirei entendimentos, no mesmo chão dos olhares um alvitre se espalhava pisado, um murmúrio amontoado apenas, talvez uma canção rastejante. Cantarolava muito. Quer namorar comigo, redisse baixinho. Voz engolida, olhar pequeno, eu vendendo pedaços, ele pausado, senti saudade de um vento qualquer a espantar rubores. Uma face tímida me encontrou enfim, a minha interrogava para dentro, para fora, para. Não.

Nasci namorando, achei, ele agora me desmascara, me investiga despretensioso, escorre vista, primeiro o sapato, as pernas escondendo saia, camisa de poucas cores, meus olhos desnutridos da espera, ou do desaponto. Nos fitamos a entender contrários, busquei os lados, me contassem histórias, precisei esticar o tempo até encontrar um poeta, leia em verso o significado de nomes, desfigure minha paisagem e me empreste um desejo, só isso te peço, um desejo a alcunhar o nome, me conte em amplitude se há carinho amordaçado em resposta única. Existirá esse poema?

Eu a namorar o mundo, transbordar em tudo, desejando pessoas como um puxado da vida, como um doce, quebra-queixo, puxa-puxa, todos. Paulo, Laura, José, Clara, Lara, ruas. Lara me olhou toda, cortante, forte quando a carícia escorria e pingava. Paulo me mordeu os lábios e me disse coragens, mordia antes do beijo, bobagens antes de nada dizer. Clara sorria, sempre sorria Clara, quando me abraçava por traz a sabia sorrindo. Nunca medi os prazeres em nomes, em tempos, em tipos. Aprendi arrepios com as tentações, então sentia o cheiro, o perfume solto nas ruas chama paixão.

Não namoro consigo, a não ser que imite a vida, passe por perto e me morda Paulo, me penetre Lara, me sorria Clara, seja quase nada e muito com José. Eu tudo não escolho, eu vazia me arreganho, me espalho louca de querenças, busco, sempre busco. Encolho-me no rescaldo de todos os gozos e assim me engulo, me lambo como o doce que puxa, me quero mais. Mas me deitei com ele, isto sim, sexo lido e relido, estudava sua face amarrada em silêncios, esperava divertida o momento do orgasmo, o prazer decorado, delirava o estranho a me ver embaraçada, desviei minha ignorância e me achei minusculamente feliz, o nome.

Para tudo disse sim, que eu poderia guardar estas lembranças, apenas vadia não me queria mais. Me chamou de vadia, mas não se importava, nem eu, pensei. Segui as pegadas, namoro sim, caso até. Eu a desentupir ideias, desvendar o quarto sumário de me espalhar, caber-me, amiudar-me. Depois esqueci, usei sua roupa, sua voz, sua maquiagem de homem, empalhei a felicidade e guardei quieta de não fugir, de não me espantar quando algum futuro descontasse.

Nesse dia, um qualquer, bati em minha porta, a mulher que atendi me viu pequena, catou pedaços cantarolando, rondou suave me desconfiando, assoviava dissimulada me entediando seu cinismo desmanchado. Me disse das lembranças, que secam os vestígios, as tais pegadas de voltar, se quisesse, e eu sem saber foliar meus álbuns, as alegrias condensadas molharam as folhas, senti algum prazer em ver páginas envelhecendo, como se cumprissem um caminho grudadas. Quis me comparar, mesmo emoldurada, quis destampar a vida. Quando tentei me ser antiga me vi pequena, demais para me desvirar impregnada em papel, apalpei sebo e meus dedos não deslizaram a volta, o bolor me contou em conquistas e nem fui toda, me esqueci, me vendi para acabar assim, inadimplente.

E eu achando de namorar o mundo.

CONTAS DA VIDA

Não me espere em começos, me esqueça enfim. Não sou mais que um leito triste, resiste, sim. Vadio. Premeditado apenas o despego, fluido o tempo, desentendido com espaços. De fato, perdi o egoísmo de viver, talvez tenha respirado insistências até me resgatar a sensação da volta, falo da origem, agora esquecido do vazio e das obrigações inundadas. Quando acordei cercado das mesmas perenidades, contadas ao pé da cama, percebi a obediência cega que me encantou, namorou-me falsa em alegações de felicidade, acho que ouvi dizer eternidade. Lambuzaram-me as alegrias sempre em passo rápido, passaram. Quando percebi, já me tinham em cerca de orações, recusei. Dono de fatalidades, fui assim a me afogar em ilusões, quando me desprendi do fundo, e por fim ascendi, cheguei a nenhum lugar. Senti o abandono e me nutriu a perda óbvia. Quis encontrar meu refúgio vago, espreitar minha morrência.

Não me ache chato, nem terminei! Me desatarei em tristezas que não te farão mais sentido que a mim. Dou trato à mágoa gêmea. A música nasceu comigo, insistente, soprou o vestígio inútil, inundaram-me os sonhos chamados ao contentamento, ansiedade em fantasia de vida. Que vida? A amostra eram sensações efêmeras, tempo inútil travestido em abalos forjados. Se são dores, minhas marcas se esqueceram de convidá-las, há um banco desabitado neste bonde, sinto o vento à janela, sopra nulo, o cabelo a atrapalhar a visão. Me espere no ponto, vou descer! E ficamos todos a decorar um tempo desprezível com alegorias falsas, quando o canto presente dói. Caminho pisando em minhas flores, sabendo que destruí a volta, vejo-me cabisbaixo, conformado a reconstruir meu jazigo.

Me pergunte sobre a melancolia, explico de vez e te acalma meu pessimismo. Choro das alegrias que inventei às lágrimas vivas. Inverto o olhar. Trato em carícias a angústia, em desvelo interesseiro o grito que me devolverá ao orto. Arremedo a decepção revigorante, maiúscula, a nos esbofetear de realidade. Mora aí a emoção verdadeira, a linha fina nos fisga de volta. Reviro os sentidos e dou nascimento à morte, dou termo à vida. É quando o sentido ordinário debanda. Quando as mazelas se mostram irritantes e o desejo de não ser alegra.

Motiva-me acima de tudo a beleza da ausência. Rejeito a construção de tudo! Se me pergunta assim, não, não me orgulha o que fiz em retórica! Me encantarei quando perceber a desvalia, talvez naquele minúsculo instante antes de nada, quando não poderei me contar. Talvez minha grande ansiedade, calar-me a conquista!

Como fazer as contas? Enumerar as mentiras? Conhecer o saldo, o sentido do tempo? As prestações privativas, surrupiadas, falta não fariam sem que delas tenhamos tenência. Espera mais um pouco, te quero no fim! Posso temer! O que me faz retroceder a estágios prematuros, à imaginação revendo os trajetos, à infelicidade original, não é nada, é esta doença matante. Sofro de vida desde que nasci.

PERDI SENTIDOS

Desafogo. Foi quando demoli o decorrido, amansei tormentos e fugi para a trégua, nem sei dizer se travesti o receio da solidão em remansos. É boa a indagação, assim súbito, nem sei por onde começar, se origem existe posso tê-la confundido com o ocaso. De agora, deslizando em claridades, lembro-me de escalar um abismo. Lá embaixo? Procuro esquecer, as madrugadas ainda me contam com certidão autoritária. Não, nunca acordo em pensamentos, eles sim, roubam-me sonhos, sou eu a incomodá-los em noturnas expedições. Pois, um breu de impaciências, ansiedades furtadas, implicâncias com a sensação de não ser mais que uma espera de nada. Tem razão, difícil contar lugares cegos, nem sei por que falamos disso. Quando me percebi em subidas, já me libertava da veste gorda, as fantasias de enfeites confundi comigo. Não, não, precisei me despir daquilo, eram anomias ingênuas, ademais pesavam. Posso ter chorado toda as minhas tristezas, ruminando o segredo de nascerem em gota única, surrupiada ao medo de tê-la. Somos nós a aguar os caminhos, salpicá-lo aos bocados, como se assim feríssemos desejos, por sempre amiúde. Preferi o gozo intenso em uma lágrima gigante a ver se me libertavam as escolhas. Alaguei-me de coisa alguma.

Radical? Pode ser. A sensação do vazio é um incômodo que não chega, espreita-nos duvidoso, um bote sem pouso. Nem a porta fechei. Quando me vi em espaços, perdi noções, deambulei em instintos sonâmbulos. Custei olhares a ver em distância o silêncio do sofrimento em fato passageiro e dessabido. Então é isso, injustiça com o tempo, descumpri ordens e gostei das tristuras no momento antes, nem vi. Gastei tempo sim, o desconfio da perda de sentidos tardou, ainda tinha os dedos agarrados à beira quando percebi a corda que puxaria emoções. Não as resgatei ou, se fiz, pingaram mudas, secas, inebriadas de fim. Rastejei em sumiço de flores, sorri para a ruína de amores, ainda escorriam em gosma pela face destruída, deitei em alívios, as mãos ainda sangravam quando decidi. Não me guarda a certeza, penso agora enquanto você me olha em mistério. Canta-me a ausência, essa te conto.

Só, como cinge a ilusão. Outro rosto pressenti no escuro, desbotado. Toquei um corpo em escalada, trancei mesuras. Você. Te queria, me salvava, saltava dúvidas. Tramei retornos, te resgatar, você falhava alforrias, te misturei com os abusos. Acho que comentei das alegrias perdidas, um som caído em lonjuras. Agora desaparecem lembranças e você me sequestra em interrogações, me respondo em avença enganosa. Estou bem aqui. Não quero mais o que me permite a apatia. Passei por aí quando morava em paixões, namorava aflições. Brilhava-me o espanto da coragem. Não, covarde não sou. O acanho das mazelas, das algazarras, me perdi em calmarias, esconderam-se todos. Afora você, nada vejo. Nem você como deveria, se me pergunta injustiças. Inventaram-me em emoções. Secaram-me e mesmo assim nasci. Parece que foi isso. Sinto muito.

TARDE A PARTIR

Ficaria. Olharia a transição forjada em cores, intensas de não acreditar que mudam, e mudam, e vira-se o céu em noite, em dia, eu me disfarçando sem alarde. Você também ficaria, sua a leviandade de alisar alturas e me despejar. Talvez te chamasse outro pedaço de céu, outro pôr de sol, e amaciasse seus olhos por inspirações que você trocou quando suas loucuras troçaram de minhas doçuras, tenho poucas rimas.

Foi mesmo você que ficou, foram suas as cores alternantes a manchar meu vestido, meu rastro invertido foi o primeiro a colher uma sombra, depois a sombra esticada, um fio entorpecido, perde a forma enquanto me enche de saudade, saudade afanada. Sou eu outra vez a notar um sol te diluindo, te transformando com um lusco-fusco enxerido. Se te vi partindo, aparteou-me discreto um vento liso, o suor em festas frias a acolher calafrios, meu cabelo trançando a face quando me viro, porque foi você que ficou.

Ainda te alcanço para devolver as carícias, quis te ouvir assim, enrolado nas atenções roubadas, muitas roubei, não tive tantas a me entediar de você, nem tantas roubei. Confundi seu desistido com um passeio meu, uma covardia minha, vou e já volto, compro palavras se ainda não usei para te contar seu reflexo nos meus pensamentos, tomo de cada passante o verso guardado, lapidado em uma vida, à espera do dia lavrado de enfim. Entendi meus caprichos e não acreditei quando você me descontou - pode o amor se acomodar de um lado, você me disse, não consegue o excesso penetrar a ausência, fui eu a chorar e correr, a bater à porta inexistente. Então você ficou. Tenho poucas rimas e me desfio em emoções baratas.

Minha saia também tem cores, mostra minhas pernas quando o passo é rápido, sinto o vento em subida, belisca minha pele arisca e me conta onde não vou te encontrar. Tenho pernas bonitas, olham-me a lembrar seus olhos faltantes, você grudava desejos em meu corpo, eu gostava, encabulada, vadia, mania de te prender quando te mordia em esquinas e as pernas simulavam um assalto, um salto a seus lábios tateando o gosto, eu sabia. Quando percebi que não era um passeio, decorei seu texto de boca, fiança a animar minha fome. Guardei do passeio o meio-fio, permitia levar meu braço em seus ombros enquanto você caminhava pela rua, você se confundia com ruas, nem ruas a te acalmar a crueldade. Você poderia correr, a ver se te aliviava a aflição, se espantava a mania do atalho, o talho me machucou e arde todos os dias, frio, longo, como o caminho por onde fiquei, partindo.

ÚLTIMA VEZ É NADA

Senta aqui comigo, me ajuda a enxergar o cego estridente entre nós, me conta o que ele faz, sussurra o que ele escuta, bem baixinho para não atrapalhar, quando ele falar sopra, agora não, espera terminar, quero ouvi-lo dos outros. Não serei eu algum escolhido a recolher simpatias, você sim, mora em afagos. A mim, evita. Veja, recita outra vez a oração, quase entendi, não me deixe partido sem o final, não saberei o caminho olhando, sim, tenho olhos, mas mudam as direções, iludem-me os dizeres, o lusco-fusco sopra pequeninas sílabas e não sou tão cego para enxergar.

Repousa incômoda uma fresta minúscula, reparo muito, tudo, até você. A mim nada arremeda, aí fora há disfarces, se quiser duvidar não me aborreça, nada além de fantasias. Não as vejo obrigadas, elas se escolhem antes de passear meus pensamentos, paralisam-me como um boneco movimentado por cordas, é assim que me sinto, manipulado por desejos perdidos do fim, cordéis a manipular cordéis, faltando conhecer o delírio desapegado. Respiro lerdo minhas impaciências, sei de você conivente, ou cínica mesmo, mas, em algum momento me dá um sinal, me mostra uma verdade, mesmo diluída, afoita de mudar, preciso mudar as certezas no dia de me encontrar, não sei, no fundo. Como aquele homem, vê-se em sombra, falta-lhe o brilho de outra vela. Sinto não me entender quando você concorda tanto, contorna seu olhar antes de encontrar o meu, me dribla, quem sabe me perco de vez tentando considerar suas coerências, são fajutas viu? Te mostram imagens estreitas, ferem a parede e tatuam uma vida arbitrária, você muda e eu te distingo, se quero te seguir em variações? Nem a mim quero, mudo.

Imito o andejo ao invés, retrocedo a vasculhar novos ângulos, existem outros cantos, meus olhares desfocam ignorantes, você me perguntou as respostas, eu já sabia. Se foi só isso, eu já sabia.

Bem te avisei, senão devo ter comentado entre uma e outra banalidade, você pode ter notado no meu jeito um cheiro de incertezas, sempre desajeitadas, como música entrelaçada, uma fuga sem começo, nem se despede. Devo ter te indagado deste início sem infância, como se caíssemos no tempo e dali pudéssemos duvidar da pergunta, farejo a jornada medíocre e fico cansado, o gosto de me iludir em sentidos é só porque também não sei partir. Nem valeria, quando descobríssemos uma coincidência qualquer nesta parede chamuscada, saberíamos, enfim, que ela não existe. Tenho medo de me eternizar na mentira da mentira. Ouve o prelúdio, demonstra-me o cego, vejo sua mão côncava atrás da vela, apaga.

Quando abro meus olhos estou na mesma cama, te amei nessa imensa beirada de cama, bem ali, você me delineou em cores lentas, disse-me pouco, mais queria ouvir, ou nada, se te vi deslumbrando única. Vi você acariciando a única sombra, olhos fechados, me despedi sem querer da paisagem, a janela em nesga se apagou, salvei o escuro, nem reflexos antigos a me contar o estardalhaço. Estou cansado, haja outra fresta de me ver, como vê, não sei o que vivo, depois, me achem depois e me espetem os cravos.

TEMPO LERDO

Sol pesado, uma rede chia variante e alenta o sexo lerdo na varanda. Gozo morno, o suor em preguiça a grudar nossos corpos inertes, ondulações à mercê do movimento de preguiças, a impertinência o dia não deixa. Te olho lenta, amaciando a falta de rumo em pensamentos longos, talvez espraiada em assuntos picados, demoram pouco em suas preocupações, enrolam-se como aquele arame de farpas à espera de virar cerca, justo ali me espera. Então nos sitiará onde encontremos menos, o contento preso, fiel às fronteiras. Preciso te dizer em gestos, não vou a lugar algum, mas vou. Sou agora a metade acordada para fora, tenho outra pacata, morre feliz, ignora o orgasmo contido, pesa dentro do sono e espera a mesma manhã. Não conheço mais este livro mofado, ainda entre páginas vejo paisagens rápidas quando o vento folheia, perdi a oração a me deter. O bafo quente do dia me desmonta imbecil, me entrega a dilemas imitados. Não venta, converso miúdo com obrigações dessabidas, nem tinha. Festejo o gozo mecânico, não toco essas imagens insistentes e opacas, converso com o teto, balança mudo e chama um vômito cortado em soluços. Você faz menção de sair, a rede te trai buscando o contrário, não consigo te ajudar, nem quero.

Te ouvi fugindo do mundo de fora, você jogou o mundo afora. Reparei o recluso com minhas urgências repentinas, te falavam tanto e você adoeceu o sentido, você fugiu para antes. Te tomou a moléstia da vida contada em minutos, em espaços únicos, em ausências medidas, a utopia descontando no corpo ideias de tamanhos frouxos. Eu persisto por lugares desabitados, insisto em lonjuras e meus dedos perdem, o olhar mingua. Persigo tudo na verdade e nem conheço, a mim sim, por óbvio acho. Você me contou o contrário e brigamos. Me falou as bobagens dos que morrem de tédio, nem me lembro dos termos. Você me descontou o contado, fui eu o repentista a contornar rimas e criar as perguntas, tudo a mim perseguia, e eu achando o contrário. Desabituei consigo, você me falou.

Quando fugi dos insultos já me tomavam as querelas, outras, tantas e acaricio trêmulo. Assanho-me em tudo, senhor dos caminhos desacolhidos, me envio por todos os cantos, me escuto no reflexo das mensagens alheias, grudo onde posso e despossuo. Assombra-me a impotência e fantasio a pressa, de saber mais, de conquistar minha ansiedade, abatê-la a golpes duros, deitar todos os futuros em desmaio e me regozijar do domínio, deve ser mentira, antes de você me insultar justifico, de mentira. Você não me mostre limites, não me queira inteiro, pois terei que sofrer quando te vir triste, terei que construir minha vida de fatos e amantes, terei meu caminho e trombarei com dificuldades que não poderei trocar. Serei então o amigo, me perturbarão suas insônias, pouco, fingirei, cairei em seus contos sofridos e talvez ame até demais. Me deixe no espaço de tudo, aqui me iludem as conquistas, fantasio pertencer, me engasgo de alegrias do só. Não me queira na rede inteiro, terei um pé sempre fora.

EIRA DE BRINCAR

Nem caí.

Cansada? Também não. Sem me ver, contando lonjuras, você me conta, mesmo assim você indaga,

preciso,

um serpentear de palavras, dispersas, voam dispersas, sou eu a amontoá-las em sentido,

preciso.

Era sim, um terreiro grande de faltar-me altura de precisar, saber do fim. Corria longe às terras batidas, pelo terreiro a olhos perdidos,

só terras,

e sapecava os pés no quente do meio-dia porque me cabia em seu colo, em pouco, sem me ver, você sabia. Voltava o corpo nu, quase nu, seus braços já me apontavam,

seu colo,

no exato instante, eu no ar, pedalando vento,

caía.

Sempre fomos um surto de brincadeiras, de pulos no escuro do susto, quando nas alturas me levavam tonturas, escondia o frio na barriga,

era decorada nossa coreografia,

precisa,

eu que nascia sempre em seus braços, como se incerto fosse o passado, se apareço sempre aqui e te beijo.

Nem cansada.

Ausente, esquecida do forno, do calor refletido, terrado, terra em chamas.

Te chamo e nem precisa,

você já me olha, seus olhos me escutam, é você que me encontra,

lenta, rápida, tonta.

Perco meus rumos, quando você desaparece não vejo meu lado,

caio na cilada de ter me acreditado em sua sombra, meus defeitos te entreguei e, sem reclamar, você apenas foi parando

distante,

adiante.

Eu corria mais para te alcançar,

cansada.

Nem caía.

Fito o momento, preciso, cismo em encontrar o cume da felicidade extrema, quando o próximo passo só o abismo podia, pilha de buracos,

ilha de congelar meu sorriso.

Já fomos, somos nós entre tantos sonos, o tédio nos consome, falta carinho,

falta o balé esquisito.

Sinto seu tom sem gosto, quando minha voz não te atinge,

te grito,

seus ouvidos me esquecem. E meus pés queimam, choram, falta o desenho do ninho, apenas o desenho via,

já o tinha, ninho, onde chegaria enfim, outra vez, sempre, não.

A alegria já me ignora, meu desenho é carvão no cimento, só, nem finge virar você, que não vira, não me espalha ao mundo, encolhe, nem a mim recolhe.

Foge, finge grossuras e me desvalem as lembranças. Arranca seus braços indigentes,

cai podre sua boca de palavras certeiras, de atingir meus desejos,

de beijos.

Enterra lágrimas que deitaria, finge, finge porque é o que resta,

me empresta,

a sela de cinismo para atravessar o terreiro e voltar, o bafo quente na curva de chegar, deitar na cama desnecessária de onde partíamos, me desinflar de alegrias.

Cansada.

ESTUPIDEZ

Serve fiar-se nas emoções estúpidas. Aprendi com você os aplausos e hoje invertem em vaias. Como soam altas minhas vaias, contam em aparte minha distância com o invento antigo dos sentidos, cilada de sentidos. Por ventura de novidades fui nascendo aos poucos, mais uma, pelo costume das tristezas fui inventando outras ideias para encher meu lago de dúvidas e apreensões. Agora te vejo agarrada em torturas, logo você, sempre me esmagou de carinhos, me festejou, até em faltas, até em luxos. Me aprecio livre e não sou, o raciocínio agarrado em mentiras, meias verdades, meio suas.

Difícil decidir entre o despego e a fuga, se para mim imagino você, não sei do que fujo, se me irritam os pensamentos, nem sei do desprezo. Agarra-me uma liberdade servil, me serve, então misturo mais uma vez minhas tentações, não sei reduzi-las até virarem uma palavra, um olhar a entender, estender até o beijo comprido, você sempre me beija. Me conta a falta. Não sei se posso te entender. Aprendi o pulo de abismos e não me ensinaram a cair. Nem te quero entender. Enquanto perambulo por ousadias, me despacho sem limites, inunda-me a sensação de esmero, vaidade comigo, até trombar com o presente, e vem sempre na fantasia de passado, são mesmas as mentiras. E te indago carinhos, te prometo amor sem dizer, te espero nas curvas onde paro a torcer minhas lágrimas, não te vejo na próxima. E me esmero em criar lições de alívio e liberdade, a sensação do gozo antecede a trombada comigo, eu triste, eu ausente, eu fugitivo, eu me falseando e você. Você que me deixa, larga-me divertido me gritando futuros, nem chegarão.

Novo então, encontro-me de novo. Custa-me alardear desapegos, não, custa-me apear deles, quero você perto. Quando tomar minha decisão final quero te ver, quando escolher um caminho quero te acenar, minha face tímida mostrará gratidão, eu não verei, você sim. Então tomarei novo erro, vivo errando, errante. Meus atalhos são floridos de vida, nada mais que atalhos, pouco menos que vida. Quando me cantar a covardia apelarei à coragem, a fuga solitária chamo coragem. Espero me encontrar um colo, espero deitar-me, e por que sou tão comum, no final das contas comum, espero ruminar as dores sem travesti-las do belo, não que não sejam, só me atropelam.

Naquela curva, já te contei, preciso olhar o contrário da trilha, não para me casar com o resto do mundo, mas me despedir do antigo, para te ver no arrimo e talvez voltar, te rever de outros olhos e me despedir das certezas, acostumar meu ânimo nas festas descabidas, são todas.

REPITO A NOITE

Podia escrever toda a noite e mal não faria à caligrafia, nem a mim faria. Mas escrever toda a noite é muito escuro, não se equilibram as letras na pauta do escuro, se nem o palmo adiante. O outro lado do dia vivido nos sonos, nos pesadelos, nunca acho que sonho, tenho muita vontade de ser mais alegre, te confesso assim fora de hora. Já o ocaso e se atracam os meliantes, eu vejo a disputa crescendo mansa, são os disfarces, eu conheço o seguido, o gigante único já me bastaria contar. São ladrões, preferem esgueirar-se pelas paredes sorrateiras e manchadas de um negro saltitante, labirinto mofado e mesmo assim me acham, seus dedos viscosos atacam meus sonhos se acho, penso muito nos fantasmas, à noite, você nem imagina. Podia escrever todo o dia e me escondia no claro, me veriam todos a lápis, o dia também se desmancha, se desenha outro, dissimulado, aquecido de sol brinca de miragens enquanto aperto meus olhos, a luz entra mutante à medida dos espasmos, vejo e revejo entre piscadas, queima a retina e alterno na desculpa do foco, de vergonha. Guardo no terror minha única honestidade, quando me indagam invisíveis, me atacam é por dentro do escuro, sou escuro por dentro, por medo, eu me acato em qualquer forma, mas nada mudo, escuto minhas ansiedades, voltam de um futuro noturno, sei que mentem, mas já te falei do medo.

Tomei um papel grande, polido para não perder detalhes, então circulei a noite, um perímetro vazio e impecavelmente distinto, das formas exatas do despercebido. Para compor o bom é saber de sua amplitude, mas não muito, para não seguir demais e encontrar claridades, aí já viu, volta o marasmo hesitante. Nenhum buraco deixei, uma fresta em deslize ou desordem dos olhos, sugerindo que não entrasse ninguém a desenhar meus favores, devo muito, não gosto de conhecê-los por nome, para não serem minhas notas nominadas e assim pudesse comprá-las, você deve me entender, posso perder. Então esbocei o descolorido que via, o chegado do horizonte terrestre, e fui descrevendo enquanto me engolia junto com o circo, como uma onda altíssima antes de chegar. Desviei olhares às fantasias, aos penetras as costas. Primeiro pensei na onda comendo tudo sem tocar, meu círculo desidratado seria um globo da terra e, como nada se cansa no escuro, ali colocaria tudo que viesse à mente noturna. Se eu podia duplicar o dia tornado de sombras, pensei, mas não, a noite circula mais livre, talvez por isso os ladrões, de sono.

Acolhe a tristeza, não sabe? Às vezes, com autorização dela, escolhe também o pânico, a lágrima acuada mora perto do medo. Decidi pela varanda, talhar dali a paisagem, apenas por ver o céu negro, entre um e outro edifício, um reflexo, através de folhas soltas, negro e circulado de estrelas. Me tapeio de propósito, confundo ecos com o barulho macio do infinito, com a distância dos brilhos, passados, mas é apenas para não olhar meus lados, a noite também me confina, me espreme quando não tenho com quem gritar, um murmúrio cala o trissado longo e fino do morcego, nem triste, se me conta as ausências.

É preciso tingir o papel, dentro do círculo colocar cada pedaço pálido, para poder descrever, como um mapa apagado, as estradas diluídas, mas tudo à mão, ao lápis de bordar a noite com dia, e depois rasurar. É claro o medo.

SE VITÓRIA NEM SEI

Não teria me repetido tanto, viesse Vitória e seu colo me receberia em mansidão, leria seus lábios em novidades, seus olhos pingariam a lucidez comprada a tonéis, despedida a todos. Viesse Vitória, nem sei que euforia, a sensação infiltrada, lágrimas rasgadas de felicidade, bordadas de verdade, encontra multidões, conta o ódio escondido no amor, encontra o amor disfarçado. Procura-nos em arremedo, mancomunados com o ser escondido, somos todos o esconderijo do medo. E você? Você, me conte outra rima, imite a canção, interprete todos os corações.

Se Vitória, nem sei. Ficaria a ler passados e me alagaria de todos os risos contidos, minha face em linhas de festa, distante, à procura de todos os momentos, retornaria épocas até julgar o caminho voltante, mediria dedicado, a cada passo ao passado, cada senso, e, assim que coincidisse o tanto de felicidade com o tamanho que aguentasse o corpo, parado, volveria lento provocando o prazer. Dali me olharia de orgulho, e sorriríamos todo caminho de volta, o fio da coragem colorido de brios nos trazendo em espelho. Vitória é agora nua, seios, pernas, a boca confidencia os receios e me beija passageira, cinzela paixões para guardar o caminho, a história da volta, um começo.

Penso muito, as maiores asneiras acordado, passeio acontecidos cheio de desejos, depois percebo meu atrevimento, explicar-me ao imaginário, ou me fazer herói a mim mesmo, como se assim me perdoasse a apatia. E você me circula, pernoita pensamentos, espalha a fuligem a pintar-me ofegante, ávido. Vou te acordar, canalha, você berra implicante, sua voz estridente, não te suporto. Preciso lembrar-me de algum momento, não sei se existiu, mas me penetra incessante, incomoda, se algum dia você souber, me conta, se já tiver contado, repete, não te suporto. Sinto esquecer evidências antes de você cochilar, sussurros minúsculos. Reflete sobre o assalto travestido em tantos versos de amor e solidariedade, era você nos minúsculos, agora aos berros de se gravar, quero te calar, penso muito. Me oferece um poema e sai, apenas isso te peço.

Li, ligeiro de pouco, era um pedaço de folha, não que lhe faltasse companhia, nascera órfã mesmo, ou se livrara de detalhes, talvez tanto tivesse a dizer que o pouco contivesse todos os sentidos, pensava, quando muito se explica, toma para si o conhecido alheio, ignorantemente diferente, temido. Tenho pouca paciência, míngua ainda, sinto-me alegre coincidente quando prego diálogos nesta cerca, me cerca de pregos, arames e ilusões, falo de amor, covarde cacete. Tempero o egoísmo com orações tolas, decadentes, acho-me indecente enquanto me lustro de versos e aquieto o punho, devia antes cortá-lo e falta não faria,

121

relincha sossegos inúteis, se repenso, escorrem letras por meu corpo, entre aspas, apenas repito, sem Vitória. E você ainda, não te suporto.

IMPLICÂNCIAS

Muita vez sentia antipatia crua pelo outro, qualquer, qualquer o ensejo ou brecha. Notou também, na mesma toada aumentava o desprezo, é, parece fornida a palavra, desprezo, mas era justo isso. Não de si para o outro, mas o contrário. De alguma forma, das sabidas e das nem tanto, foi manipulando desejos e deu nisto. Não é fácil admitir a carência pelo rechaço, você pode imaginar mazelas, às pencas até, ele ainda nada sabia, nojo de si diante do encontro. Raiva não tinha, era mesmo a querença minguando, gota a gota acumulava o prazer intangível de ser despercebido, de desperceber. Imaginava-se uma sombra divagante, apenas, como se nunca chegasse para a luz o anteparo, sem luz, um escuro pleno de dar ausência ao existir.

Aquela, a balançar saia à frente, no rumo mesmo da vista, sentiu o esboço deste buraco e ia cada vez mais sem terra. Ressabiou. Deu-lhe tempos e tempos a ver se amansava o emaranhado daquele novelo, se voltava a ternura. Que nada, rodou olhares para dentro e fora, brigou com pensamentos, conversou com o desdém até perceber-se metida dentro. Esticava o grito para longe, para os lados todos, a ver se encontrava ouvidos, dele, ou de quem houvesse os raciocínios comprado. Trombou tal dia com a sensação, esquisita aos olhos antigos, pairava nele qualquer distração com o medo, a implicância, aos bem poucos, travestiu-se de outra ternura, uma solitária, tramava nada com a vida. De forma desconhecida, insistia-lhe um ar mais livre. Respirou anos de atraso e quis deixá-lo. E mesmo deixou.

Ele deu trela e destruiu encantos, aos muitos bocados, distratou as ideias de rondar amizades, sem dar entendimento a ninguém, foi mesmo desmerecendo, a tempo miúdo. Diz-se da tenência por essa desavença com as normas ser fritura em chama fraca, nem do barulho faz fé. Temeu espremido, não se deve esconder, se o carinho desqueria. Chorou invertido pelo recesso do amor, chorou mesmo assim pelo seu próprio infortúnio de ser amado. Lágrimas secas, coração encabulado de não querer gostar sem aparência. Não queria. E se por acaso tivessem todos os amores caídos de mim, escorridos por meu e seu desinteresse, que frustração alagaria todos os ausentes neste despejo? Pátio das algazarras em repetições sem fim? Seria o único orgasmo, enfim? Era assim que indagava para dentro. Pasmo se contava de volta. Ela me deixou, queria ouvir. Te recuso, canalha.

Ser desamado é dissolver-se no mundo, o simples desprezo de não carregar o estorvo inútil, a frustração alheia. Era assim que queria pensar.

MANUAL DE PACIÊNCIAS

Daqui, magicando lembranças, tento refazer dias a tento da demora, da indecisão a balançar cabeças mirando detalhes descontente. Atento ao desgosto de perdas, as que poderiam ter tido, nem sei. Trato de vidas em comunhão de fantasias, a mim não basta uma, rejeito a dimensão, ajeito-me em divagações, conversam diabruras de outros rumos. Ali se registrou a ausência, mas não. Doença de querer de um tudo, de não caber em uma vida e dar trela às pegadas inexistentes do que seriam outros caminhos, indecisões infindas e lamentos da escolha una. Desconverso com as lamúrias do desgosto, servem-me tentações de desgarantidas entregas. Sei muito bem desse engano, tramoia comigo desde o berço de grades, entrava por cima, enchia-me de asas de prisão travestidas de mundo. Cabeça de mundos, olhos de tudo. Quando a boca acordou já sabia querer. Aí se espalhou a balbúrdia, ao entrevero comigo se consagraram nomes, a desavença com o presente pulou olhares para um destino vago, lá fiquei em diálogos de passados e amanhãs.

O José tem esse manual de paciências à cabeceira, acalma-lhe qualquer uso do dia, como se aquele, e todos, transbordassem de coerências e querenças nem sabidas, mas já acariciaras com os mesmos dedos de folhear. Vive de suspiros. Tudo a ele parece uma chegada esperadíssima, no tempo que não importa, pois, ao José, um pouco tarde, ou um pouco cedo, não lhe transformam caricaturas. Vale-se da preferência a lhe tombar pelo colo carinhoso, afaga sem temer o distúrbio das desescolhas, esconde os desejos em lugares tão óbvios que de achá-los ninguém se cansou, ou não os tem, e de aceitá-los também ele descansou.

Muita vez imagino o manual que me emprestaria o José, falta não lhe faria, já se acomodou entre folhas. Eu também em tolerâncias, redimido dos tempos, vivendo a dias, cortejando minúcias, o encanto do sossego. Manearia outros enredos à mercê do escolhido, saberia ostentar a beleza da humildade do recolhido. A ideia esconde receios e cobro o compêndio nas mesmas agruras, na prisão dos princípios, e o José enfadado de mim, das desculpas do desatino em épocas arredias, do complemento desordenado em folhas que acharei brancas, tentarei escrever. Não sei ler esse livro de amansar aflições. Meto-me a costurar absurdos, pulariam as páginas sem os olhos de ler conselhos. Ainda não. Em mais uma paciência, levaria, o José, a partitura. E o sorriso de me entender brotaria apenas em um leve mistério de sua face.

TE TOLERO APENAS

Miserável! Atravessa minha porta, te parece nenhuma, encontra-me quieta, ouvinte, sou sua paisagem, a mim pareço acuada, desvendo nada, nem você enxergo, espero que sim, que se importe, consigo, não se atreva em mim, nada te darei a parte perguntas tolas e silêncios atravessados. Te vejo sempre em metades. Não sou, eu mesma, menos que duas. Mas é você a passear palavras por esta sala aflita. Olho uma fenda iluminada, um inseto baila arisco, tonto, sem pouso, eu também não te ouso, vejo sua boca ondulante, nada me importa. Fora você. Um sofá me olha quando não te quero. Expulso seu último verbo. O que te leva daqui? Chega.

Aliso a solidão, não me perturbam seus movimentos, seu levantar tedioso, sua face lenta espera um aceno, uma sacudidela de cabeça, nem noto. Você não me quer aqui, nunca quis, sua voz me corta. De verdade nem te reconheci, não te toquei, você não me estendeu a mão nas cerimônias, ou nem vi, ausente na impaciência de testemunhar o perdido, eu perdida. Desgraçado, me conta logo suas vilezas, suas lonjuras, seus engodos, a ver se me prendem e nos troco. Cala. Vamos acabar com isto. Quando seu pensamento virar som, cala e me sufoca. Ainda bem que não te incomodam seus resmungos. Guarda.

Te vi um dia, na rua, vi seu belo em silêncios, fica assim. Não volta que me pulo, chego em você sem me respirar, me cabulo, é isto o arremedo na sala, trombo no espelho quebrado que só a ti reflete. Você espalhado em meus pedaços, você estragado e sem cola, eu que não me cato, você insiste, aparece o vulto varrendo, reunindo cacos ainda em quebraria, como se assim fingisse, cingisse um entendimento, qualquer, mas não sou eu, não é você. Olá, é você que vence a distância, sorri e distancia, mal vejo seu vulto quando me atinge a mágoa, culpa-me a tramoia, vontade de voltar e te ver, te enxergar lá de mim, me indagar lá de você, lastimo a reverência efêmera também a brincar com despedidas. Olá, eu a contorcer olhares na calçada.

Você sabe, não, claro que não, mas se uma tarde nos surpreendesse em alívios, imagino que um pequeno claro de sol te inaugurasse a face, você fecharia um olho incomodado e me veria de outro, me concentraria na única trilha de luz, estreita, até tomar toda jornada em foco e então me caberia em sua beleza longa, sedutora, você maquiada de afetos me bajularia a nuca em dedos tênues, antes das bocas se quererem molhadas. Não, nem assim nos engole a pieguice, nenhum entardecer de poesias nos aliviaria o trato analítico, nos veria mesmo no conluio gasto, te estapearia a ver se cala, não cora sua face e ignora, o enfado nos tomaria como fazem os líquidos, rápidos, sórdidos. Eu poderia me apodrecer de vez, te abraçar penitente, talvez seguíssemos como um filme fajuto, o sol pouparia egoísmo e nos iluminaria a fuga, diminuídos a um traço trêmulo, nada te diria a dar gosto ao último olhar, talvez me arrependesse.

HÁ TEMPO?

Disfarço os rodeios de caricaturas, me elegem a prender ofícios, derramam tréguas em cedências clandestinas. Insisto em contramão de passatempos. Sinto-me uma beirada desajeitada em esquecimento da manhã, alguém a dar a sola ao descabido. A prender-me, os cordéis emaranhados do pertencer sem alforrias. Distraídas as garras assanhadas a cravar os rastros do encanto, afiadas na areia morna e desistente. Deslizo em entranhas, sigo remando cheganças do abstrato. Até onde escuto, a memória conversa surda em descuidos de mim. Vejo-me em fila de sofrimentos, como se estivesse, enfim, encontrado esta trupe de incautos, de tantos despercebidos, surrados em brigas de consciências. Tenho, acho que proseiam comigo, revelam o reverso da espera, contam-me, em cochichos de face de ouvido, a melodia desafinada, a inexistência da graça. As alegrias mentem.

O vento suave um dia me soprou, foi no tempo das levezas de corpo, nas leviandades espalhadas em olhares de construir sorrisos de circo. Caminhou em pés e hoje grita canções sonolentas, esquecidas as frases da vida. Eu, apeado do logro, apuro-me sem chances. Desquero a prudência e faço trato com pensamentos de retorcer ânimos. Nem me animo. Até aqui foram cambalhotas em caminhos, trilhei com braços fortes, levavam-me os colos da benquerença. O pacto verdadeiro não escolhi, acolheu-me. Um olhar que não ultrapassa a esquina acanhou meus passos, até me ver parado, aleijado de outros tempos que não viriam. Perdi minhas estribeiras, não vi o estrago abeirar. Presumi perdurante os conchavos de felicidades, não costumei com cheiro de ausências.

Já tropeço em soluços, nem chorei, não chorarei em desânimo. Inunda-me a visão de descrenças, corta-me a face o descaso dos grifos, sangro invisível a alma rasgada, contento a mania de vida com versos. Tramei ousadias com os canteiros em diálogos de calcanhares de uma cidade que pari corajosa, formosa de flores, encantada de signos. Restam os brilhos anônimos. Devo ter deixado pistas do belo, uma fita de cores a denunciar as trilhas recusadas. Olhos de escuro, mãos de regresso, acolheria a delicadeza de sedas, suspiraria em alentos, desgravaria tristezas e asilaria o sussurro distante em recusa de ouvir.

Em algum momento me perdi em coragens, bailei com alegrias, molhei-me em chuvas de encharcar euforias. Partituras do eterno, distante o poente de vida. Então vejo meu sol em vermelho, cai em noite. Desvivo querências. Calo tudo ao contrário e procuro novas razões, outros remos. O aparte escurece, me espremo em insônias de dia, espanco-me ao contrário, o desatino acordado.

BROTANÇA DE NEVE

Lambuza o chão um mato branco. Assim deu de perceber o Taquim, os olhos em frincha de janela, cheios de amanhecer, acharam prudência descalça e foram interrogar o local manipulando descrenças. Lá de fora o grito entrou pelo mesmo buraco. Foi a mãe que levantou assustada, visão girando sem abrigo a indagar do mato pela verdura faltante, do terreiro pela lisura do leito alvo e alimpado. Nem sabe o que saber, e cada um desadormece de sonhos e divisa o mesmo susto em sonolência, afagam desentendimentos. Seu Chico também já acordou. Repara a algazarra enquanto vai tomando tenência do dia, resmunga à tropelia. Não avivou o tanto de precisão para atinar dos acontecidos, é o Taquim que anuncia a brancura em derredor. Confuso, clama pelo café pousado em bule na esquina do fogão. Deve ser algum encosto do frio. A mulher se lembra da água de bica virando pedra quando madrugava. Mas isso era no tempo de antigamente. Seu Chico sacode os pensamentos e dispara as desordens, todos para dentro! E lá vai a fila torcendo cabeças a reparar o descaso descolorido. A Maria já em rezas de procurar alma.

Alisam silêncios até o Taquim convocar audiência e, tripulando conhecimentos, anunciar a tal neve. Outra vez olhares entortam pescoços curiosos. É tramoia do frio para amansar a quentura do chão. Cai branco no lugar de chuva. A Maria continua bulindo contas de terço, amansando cismas de ardores em cinzas pálidas para não sujar os pés de deus. Bobagens! Sai Seu Chico em descaminhos de descobrir as verdadeiras origens do descapinado. Meandroso, enviesa à venda para comprar velas, de modo ilustrar as conversas com santo. Pisa a areia grisalha, sangra de água, maneja caminhos em bravuras desmascaradas. Chegado, corre o chapéu a recolher os esclarecimentos, a aparência pousada em calmarias desnutridas.

De cima dos livros ainda o Taquim degela saberes. A Maria reserva um ouvido, o outro em resguardo pelo murmúrio divino. Escuta que o sol amolece o chão e aquilo tudo vira água, um rio a entrar porta adentro e aí é um deus nos acuda. Ela tortura as crendices em aflições de espera. A meninada empolgada já navega águas ausentes, entrariam em frestas, nadam a imaginação em funduras transparentes, em trança-trança de lambaris e tilápias. Taquim, ainda empoleirado em escolaridades, manivela linha frouxa.

De fora veem seu Chico com outros desacostumes. Notam a claridade do dia e a derretência do solo. É o pai que declama a desfeita da venda em pontos finais, aqui não merece trela essa neve, é o terreiro mesmo que esbranquece, aborrecido de ser sempre terra e verde. Da janela olha para o céu suspeitoso, a brancura brota é do chão!

TODO DIA É NENHUM

Sempre a última vez dedicada às dores, sempre às últimas e tantas. Cada uma das casas prendava com um pacote, não sem antes respirar uma sensação intrometida e leve que enchia de simplicidade o resumo daquele preciso dia. Alagava todas as horas com o ar fresco da novidade, então bajulava as pedras, as beiras de caminho tratava como se alisasse um veludo colorido, os pequenos tropeços cultivava como se fosse viva a rua, desculpava-se. O olhar corria solto à frente, a parecer que se entretinha com o futuro, saudava apenas com a graça as faces alegres nas molduras de janelas.

Ofereço o fruto de minhas andanças porque assim sou nada além do passeio, passo apenas, dizia assim.

O andarilho sorria até trombar com a noite, não que tivesse birra com o escuro, ou lhe fizessem cócegas as horas, não, ele simplesmente seguia um trecho monótono, dava voz ao cansaço, da boca para dentro nem contava o entregado. Sumia no breu das curvas, no amanhecer dos sonhos, não sei se dormia nos pensamentos, aconchegado em cama macia, gostado e nutrido, ou se qualquer lugar era seu reino e se ocupava apenas de ter fechados os olhos. De dormido não passava, esquecia então aquele ontem, como uma chuva lenta as horas lavavam lembranças. Todo seu dia era o último e o primeiro. A desmemória inundava de paisagens inéditas seu olhar longo, sim, nascia nos esquecimentos e fugia a mundo, confundia pressas até encontrar o reflexo, minúscula a expressão de afeto consigo quando recortava as imagens e, enfim, pregava em seus olhos. Sim, era longo o olhar.

De um jardim sem desenho, mordendo a repetição, embrulho razões a descobrir a graça, o cortejo suave, irreverente a ponto de paralisar um sorriso. De humores não entendo, nunca tive alegrias que cobrissem uma distância maior que o próximo pensamento, como se me fosse impedida a repetição de doçuras. Que esperança. Como vai, Seu José, veja aqui meu embrulho, prova o café? O Senhor está no céu, antes de estender-me afagos na forma de voz, pura carícia de voz, emoldurada da face singela de quem tudo merece. Até algum dia desconhecia seu hábito de esquecer, razão da mesma resposta, eu desperdiçando iguais perguntas, depois cochilei no costume e sumiu o encanto, varrido a miúdos.

Seu José espalhou o descuido, a leveza fez dele um pássaro livre, cantava acima do ordinário e cortejava distante os minutos da remessa, ele bajulado de angústias. Distraiu-se nesse prumo bailante, diluindo o cenário, tela de cores macias, até se transformar em pura natureza, com seus próprios movimentos, ligados pelo vento, ou outra qualquer cola. No dia que foi verdadeiro o último, já ninguém se lembrava. No seguinte, restou uma sensação recatada, como uma grama alta, uma flor caída, um gato em mio baixo, a não saber se foi a entrega.

SUAS TRINCHEIRAS

Já te vi em sorrisos de amarrotar mais sua face. Te vejo nos mesmos encantos onde amarrou os desejos, já se foram e ficaram as marcas no chão por onde passamos, a pegada afastou o pó e vejo seu salto, depois seu rastro deformado, o alarido de lembranças escondidas do mau tempo, seu rastro enrugado, esticado até evaporar. Quase não te vi partindo, pareceu-me mesmo o tempo, mesmo de longe encarregado de esmagar nossos sentimentos, mas, por instantes incertos, quase entre passos, tive a sensação da sua cumplicidade. Você decidiu solitário e cavou suas trincheiras, eu não vi, fiquei a céu aberto misturando nuvens enquanto te chamava, uma voz espalhada porque não adivinhei, se não você quem me contaria?

não me conto para dentro, quem dirá se direi?

Você nem se perdeu lá dentro quando a escuridão te mostrou no buraco, te amarrou na petulância da ignorância, nem coragem para cair. Te encontrei pela última vez nas lembranças, quando ainda se emocionavam e eu com elas, depois esquecem, não cabe espaço na memória para tanto, os detalhes guardados como peças soltas, me perseguem ainda os quebra–cabeças, as partes destroçadas, os encaixes desfeitos. Deixei assim, momentos hesitantes quando partiu sem saber, eu sim, eu chorei quando me lambeu a lama e apagou um sorriso abandonado e ignorante

não me encontro para dentro, quem dirá?

Se ensaiamos o início? O encontro molenga, a cretinice adiada e nos acendemos no caminho, você se lembra, quando falava, você falava comigo, talvez você representasse bem o diálogo da sedução, depois esqueceu, você foi roubando sua voz enquanto te via sorrateiro me conquistando aos pedaços. Deixei sozinho brotar o amor, ou ele próprio, nascido sem tempos, me jogou em ternuras sem tempo. Você me gostava nos festejos de sexo drogado, me tinha com intensão e exageros de superfície. Me convenceu espontâneo, te reparei inteiro e, mesmo com meu jeito contido, pulei no seu colo de conversar gostosuras em um ouvido farto de coisa alguma, você é pobre, você não se contou, preferiu fugir, nunca olhou para trás a me notar arruinada

me escondo aqui dentro, quem te dirá?

Maldito. Você sufocou um coração inocente, foi o seu, o meu joguei na primeira janela, o carro em movimento, a paisagem riscada, a madrugada escondeu meu rastro, foi só porque não saberia voltar, não achar minhas emoções me fez como você, talvez tenha me tornado você, talvez você tenha se tornado alguém, um tropeço humano, uma alma destroçada na estrada, onde nunca passou, o carro em movimento, a janela fechada não me conte para dentro.

Não esqueci meu sorriso, a paisagem um dia parou, ele paralisou nem pequeno, sem tamanho, nem a boca esticada. Se outro conheci foi riscado, do carro em velocidade, eu sempre acenando, não me parando, refletida em você, e não me foge, não me pertence a memória, te deixei lá nas caixas lacradas, não te declarei, não cuspi em sua cara porque não soube me pronunciar. Você roubou um pedaço que me cobrou a vida, não soube voltar, não vi os pingos para me rastejar, sou você e você foi rápido demais para me devolver o afano. Ninguém te dirá.□

ENTRE GRÃOS

Os dedos, o do meio de cara áspera, meio externo da cara, não de escorregar por aquele tabuleiro, não fazia conta a lida, eram os pensamentos, esses sim a fugir, a enganar os outros supérfluos, até perder os lados, e vai um grão bom para o lado errado, conta errado os lugares para onde foge seu gesto, o pensamento grudado no objeto desfocado a sua frente, pegajoso de rondas com desfecho quase sempre triste, quase desfecho. Tinha essa parte do dia trancada, na porta da cozinha, para fora, trancada longe, o terreiro era depois salpicado com grãos carunchados, e nasceriam as plantas com caruncho, as ideias esburacadas, e ela as deixaria ali, onde as galinhas perseguem vírgulas, naquele jeito galinha de andar com o pescoço, e as ciscariam não fossem tão subjetivas, as ideias, moídas entre grãos, esticadas das lembranças.

O relógio da parede, quase um retângulo em prego frouxo, um trapézio arredondado a disfarçar o pulo, os estilhaços, a corda desvirada, os ponteiros não se ultrapassavam mais. Cada segundo pingando, enquanto o som milimétrico, às vezes puxa, às vezes arrasta, outro pulo, agora fora do tabuleiro, a correria de bicos, vento das asas, a barulheira depois quieta, o relógio em gotas incertas, misturado com o alarido aquoso, a música lamacenta da máquina a coser, tudo lá dentro, lento, os panos cortados a moldes riscados com giz de alfaiate, alfinetes guardados em almofada. A decepção escancarada em saquinhos listados em azul, na cordinha vermelha de fechadura, estrangulando.

A galinha ciscando para trás, à medida que não corre, a gorda, o pescoço sem pena esquece a coreografia, pendurado em sangue, corre pelo terreiro, os olhos no chão, a cabeça para baixo por um fio de quem acerta a tesoura, não a faca. Os grãos continuam vagando em gemidos e saltos, o dedo enferrujado, ocre. Se perguntar nem sabe o lado, elétricos, mansos, elétricos. As ideias enrolando lembranças, costurando um passado épico de onde veio nada, os segundos pingando, a agulha melando o pano, até quebrar, até quebrar.

No remate do canteiro a bolinha de massa no copo d'água a assoviar densidade, e flutua, vai tudo para o forno, lá de fora de olho no cheiro, não de queimado, o biscoito nascendo no saquinho de listas azuis, eu queria Lanche Mirabel, a cordinha vermelha, só depois de apagado o terreiro, de silenciada a agulha melosa, vi que não era só pano, mas era só plástico o Mirabel. E podia encher as listas de grãos se faria o mesmo sentido, carregar meus carinhos, esqueci e pingam do relógio, que para mais não volta, então volto mecânica de onde nunca saí, os dedos elétricos, os modos de reparar alguns soluços estragados, joga para o lado.

A PEDRA DE JOSÉ

Àquela pedra não tarda o boléu, espatifada traria gosto às aflições e falta não faria à paisagem. Não se dirá o mesmo do José que a encima. Trama equilíbrios. O olhar passeia em eternidades, abusa a música mística, nua de sons. A boca seca de palavras. Cuidava de nada, via um mundo sem tempo, trombava vistas com épocas.

Um dia emudeceu o José, já vivia de olhares, sem que se saiba o que lhe chegava aos pensamentos. Subiu à pedra sofrida de instabilidades, como eram vacilantes todas as ruas, todas as casas e interiores, gente ordinária no embalo de ideias e despejos. No início esteve de pé, dias esquecidos de contar. Intrêmula, a pedra obedecia a calmaria do corpo a habitá-la, a indagar distâncias, remexer horizontes desocupados. A cidade sucumbiu em curiosidade, deitou-se atrás de fechaduras e acordou em aborrecimento. Seria o José o intruso pacato que se intrometeria em mentes caladas quando voltasse o poente?

Do receio nasceu a estátua, o resquício da carne, sonâmbula, a parecer mesmo um vestígio do cenário. O incômodo guardou-se em esperas cada vez mais distantes. O José inerte em observâncias obscenas, talvez. O José apático em resmungos ausentes, a paz tribulada, residência em incertezas. O José.

Na transparência de ser quase nada pode perceber pessoas se dividindo em igualdades. As emoções, sentiu-as todas, as dores viu em tudo. O que julgou injustiças, quando ainda trançava pernas com todos, feriu-lhe a alma tão fundo, tratou como medo da comunhão, o desconfio. Vagou prudência em busca leviana, não encontrou calmarias, a disputa cultivada em valores, nenhum. Uma rajada de penas machucou-lhe a face, leves gotas de sangue logo secaram, fechou-se e conversou com seus silêncios. Assim ilustrou os dias.

Aquela manhã surpreendeu o descurioso sentado, já incomodava suspeitos em cruzadas de olhos, conseguia fitar as descrenças. Explorou os medos alheios sem compartir o descuido. Preferiu o recato da noite. E a noite não vinha, continuavam as vozes correndo ouvidos, os reflexos em corpos a iludir retinas. A noite fugia. E o José a tapear insonhos. Indagou negligenciar futuros e virar, ele mesmo, a pedra. Desvendou as preguiças de um sono impossível, previu o desânimo a dar aos calcanhares.

Então fez menção de descer. Primeiro foi o joelho que cumprimentou a terra seca, esticou-se para o céu. A alma de sopros, a cabeça baixa, cansada de saber, folheou o chão até encontrar a pegada invertida, ilesa, esquecida pelos ventos e pisares alheios. Desdenhou o espetáculo e respirou a volta. Iluminou a casa, desatinou o desprezo acumulado em atenções solitárias no cômodo de conviver, de um dia viver. Foi à cama vazia, buscou as contas de preces e descobriu que não sabia rezar.

O ESPELHO DISTORCIDO

Prendi um choro desacompanhado, descampado, salga minha cara já desfigurada a brincar com alegrias, se tenho, devo ter se nem noto, o sorriso sai parado, cai leve se nem noto. Vou ao espelho para me ver duplo, partilhar comigo minhas lágrimas, comigo me reconhecendo, me confundindo com o avesso, se vejo o avesso. Aprendi que choro tudo, choro o mesmo choro, repito as dores esticadas no varal de pendurar meus olhos molhados, somos inseparáveis

de onde vem tanta tristeza?

Irreparável, sou o suspense de um sorriso, a face indecisa não sabe desenhar minhas marcas, então me vejo inchado um vermelho desesperado, tímido a consumir minhas vergonhas. Fujo só para não te ver no espelho me espiando o contrário, para não te entregar meu íntimo mole a dissolver, sou apenas ele, sem mãos, sem ajuda para catar meus cacos, aparar as gotas destruídas quando esfrego os olhos machucados

de onde veem esses olhos tão disfarçados?

Agora mesmo se foi mais uma alegria e volto ao espelho, meu reflexo não é o sofrimento virado, sou eu outro a insistir. Choro por me ver chorado, e sempre ali vou, e me ilustro de passados a buscar no futuro nada mais, amarrada em amores, amarrotada de todas as fantasias, derrotada em prazeres, nada mais que dores

para onde vão tantas dores invisíveis?

A vida se exibe a olhares de cada uma, merece e desmerece, reverencia o aplauso e a vaia. Vai como é, à mercê de pouco. A nós se conta daqueles espaços da preguiça, dos minutos de ternura em bocados equilibristas, entre uma e outra generosidade, uma e outra vileza, uma loucura. Naquele dia, talvez o último, penso muito no último dia, apenas isto nos importará, nosso conto na frente do espelho, nossa a cara pintada com as tintas compradas, com a cor de todos os arrependimentos. Nesse dia

o que pensa tanto no último dia?

Talvez queira me olhar no seu reflexo, me reparar em busca de uma felicidade desaparecida, ignorada, e querê-la de volta e apertá-la para me sentir esgotado de você, à medida que vai, à descrença do espelho. Tem ainda coragem para me atender, me encorajar, minha pena vestida de vergonha, alarmada na covardia

por que tanto te incomoda a covardia?

Não tripudie do alívio, posso não ter encontrado seu retrato a implorar mais tristeza, sua, ninguém conseguiu encontrá-lo, pode se ter quebrado, as lascas nos cortaram as máscaras, a festa maquiada nas bocas, os pés de palhaço

onde vai a lona desse circo?

Se plagiamos tanto, se criamos um enredo festivo ao lado da cama, um aplauso sonso ao lado de um corpo acabado, seu corpo apagado. Eu me destruí, se pudesse te contar talvez me arrependesse e fizesse tudo outra vez, a mesma plateia, o mesmo palhaço, só para não admitir, para não ter todo o choro perdido porque achei pouco, porque chorei sozinho e achei pouco, me feri pouco

onde ficou a rede de te amparar?

Sua generosidade levou, ou fui eu mesmo a jogá-la fora, desfiando aos poucos, apodrecendo uma alma talvez vaidosa, para cair sempre, por merecer pouco, por te decepcionar ao lado da enxada, nem seu colo cavei. Hoje, e sempre, te trago más notícias

de onde vem tanta tristeza.

EM FIM

sobre o que falaríamos, se já não tivesse o tempo se encarregado?

Quais seriam nossas palavras, se já não arruinadas em algum varal?

E nossas desculpas, se já não devastam a solidão?

Se nela te criei, aqui mesmo secou o que teria a te dizer. Que me diriam folhas secas além do estalido eventual, se foi você a pisá-las?

Me disseram e você nem ouviu, seus pés falam, você sabe, quando me pisam, trocam de lado e você me pula, puta, me pula. Minhas costas ainda ardem, pó das estrelas trituradas, recebi mudo naquela noite, as mãos mudas, me desviei de você e caí a seus pés, mudos. Quais palavras estariam emolduradas em nossas gargantas?

Saberíamos dizê-las em um beijo murcho?

Esquecê-las em um toque leve no ombro?

Deixa pra lá, espero uma frase, apenas, vinda de fora, sem efeito, uma troça ao tempo, se chove, se frio, se arde mesmo este tempo seco, o estalido foi minha pele esfolada.

SOBRE O AUTOR

Marcelo escreve por absoluta falta de algo mais belo a fazer, algo assim. Nasceu em Ouro Preto, demorou por muitos cantos, hoje em Belo Horizonte. Foi às ciências exatas e terminou por considerá-las exatas demais, voltou, não sabe bem para onde. Esse é seu segundo livro.

Publica também em www.salssisne.com.br.

e-mail: salssisne@gmail.com.